Até o
Cata-vento

Emerson Costa

Até o Cata-vento

contos

1ª edição / Porto Alegre-RS / 2022

Capa e projeto gráfico: Marco Cena
Produção editorial: Bruna Dali e Maitê Cena
Revisão: Simone Borges
Produção gráfica: André Luis Alt

Dados Internacionais de Catalogação na Publicação (CIP)

C837a Costa, Emerson
Até o Cata-Vento / Emerson Costa. - Porto Alegre:
BesouroBox, 2022.
102 p. ; 14 x 21 cm

ISBN: 978-65-88737-86-6

1. Literatura brasileira. 2. Contos. I. Título.

CDU 821.134.3(81)-34

Bibliotecária responsável Kátia Rosi Possobon CRB10/1782

Copyright © Emerson Costa, 2022.

Todos os direitos desta edição reservados a
Edições BesouroBox Ltda.
Rua Brito Peixoto, 224 - CEP: 91030-400
Passo D'Areia - Porto Alegre - RS
Fone: (51) 3337.5620
www.besourobox.com.br

Impresso no Brasil
Setembro de 2022.

Para Agradecer e Dedicar
Ao meu Pai, que nesse ano de 2022
completa nove décadas de existência;
À minha Mãe, pelas primeiras palavras
e pelos cochichos com os Anjos;
Aos Mestres, pela inspiração, pelo brilho no
dom e pelo primor à técnica;
Aos meus amores Andresa, Eloísa e Lívia.

Sumário

Prefácio 9
Cochichos sagrados 11
Memória fotográfica 14
Bocas grandes 16
Contabilidades 19
Desequilíbrio 21
Carta e flores 23
Das cascas, de ovos 27
Doce inocência 30
Arte e Profissão 33
Ensino e aprendizagem 35
Para viagem 38
Até o cata-vento 41
Pés na terra, fé nas águas 45
Conto de fadas 47
Dor em segredo 49

Por doçuras, travessuras......53

Somos filhos de quem?......55

O salvador......59

Suspiradores......63

O beijo e as línguas......65

Para dormir com a luz acesa......68

Atritos nas leis da Física......71

Vidas salvas e vitórias......74

Sobressaltos......77

Onde ainda mora a saudade......79

Quantos redemoinhos......81

Mãe-Terra, Planeta-Água......83

Memórias em tintas e carretéis......86

Palavras, palavrinhas, palavrões......88

Para dizer o irreversível......90

Tomando a tabuada......93

Palavras ao pai......95

Sementes e qualificações......98

Prefácio

As crianças, às vezes, somam ao que lhes ensinamos aquilo que aprendem fora de nós, em seu tempo, que é sempre outro, não mais o nosso.

Elena Ferrante

O indivíduo não é a soma de suas impressões gerais, é a soma de suas impressões singulares. E assim se criam em nós os mistérios familiares que se revelam em vários símbolos.

Gaston Bachelard

Fazia tempo que eu não lia assim, cheia de vontade. Querendo que chegasse a hora dos óculos, de um tempo com o livro.

Como escreve bem esse guri-pai-filho. O menino negro, o menino e o carretel, o menino e a concha, a doce mãe, a índia, a duplinha do banco de trás, o menino e a menina de perna de pau, o menino grande e tantos outros. Vamos lendo, percorrendo um território íntimo das relações entre pais e filhos, absorvendo cada detalhe, nos identificando e nos deixando seduzir.

São histórias reconfortantes como pequenos momentos de felicidade em família: mãos em prece, semeando, costurando, passando receitas de geração em geração; ou mais obscuras, que surgem como um protesto ou alerta. Pedaços do cotidiano, marcas indeléveis, surpreendentes: *uma vez que nas histórias de pais e filhos há sobressaltos.* Cada época gera suas próprias expressões. Uma obra de arte nasce de uma maneira de ver intensa e criativa, incorpora não apenas ideias, mas sensações, sentimentos, e as conexões do artista que a produz. Guardem seu nome. *Ouvirão ecos. Longe, bem longe...*

Emerson escreve com a leveza de uma linguagem simples, única, fluente, e a profundidade de quem inventa tão bem que tudo parece real. Conduzindo a narrativa a soluções inusitadas e poéticas. Construções visuais que nos arrebatam. Personagens vivos que falam por nós. E o lápis, com o qual ele escreve, passa de mão em mão, trazendo novos sentidos, atiçando a imaginação. *O tempo girando num chocolate quente.* E o relógio interno do leitor parado nas brechas, levando o pensamento longe. *E o dia seguinte amanhece com sons de protesto. Sons emudecendo a tristeza. Cochichos sagrados.* Mágicas propriedades do silêncio, *até cata-ventos,* inquietações, *sinfonias dos grãos estralando na bacia.*

Li munida de uma carta de apresentação, tomada de encantamento, esta sequência de contos bem costurada, ponto por ponto, palavra por palavra. *Escrever é sempre efabular.* O que sinto? Emoção. Nasce um escritor.

Ariane Severo
Psicanalista e escritora

Cochichos sagrados

Domingo sempre tinha missa. Noites de falas. Muitas falas e algumas cantorias. A capela do bairro era bem pequena, mas o falatório, longo como o corredor central da Matriz lá na praça. Naquela igreja grande só ia em dia de casamento, nos sábados, para não faltar à missa de domingo. Pensava que saber esperar era um mandamento. Saía até um suspiro de alívio quando via os adultos fazendo fila. Depois disso, não ia demorar para o padre dizer vão em paz e que Deus acompanhe. Isso sim era paz. Mandamento cumprido ao fim de missas compridas. Gostava era das celebrações de Páscoa, que no final distribuíam doces às crianças. Ia em paz, saboreando guloseimas.

A missa dominical terminava e a mãe puxava o menino pela mão até um canto da capela. De frente para a parede, soltava a mão do pequeno para juntar as suas em prece. Mãos unidas, pontas dos dedos encostando no queixo. O menino observava a mãe cochichar. Com quem falava? Estava contando um segredo ou dando conselhos? Ou eram coisas que crianças não podiam ouvir? Ficava na ponta dos pés, esticava o pescoço, espichava os olhinhos para o vão iluminado na parede, tentando enxergar o que havia lá dentro.

Numa dessas noites de fim de missa, e fim de reza, a mãe notou o esticar-se do filho. Ela curvou o corpo e ergueu o menino nos braços. Estava pesado o guri. Não era mais aquela trouxinha de panos que carregava no colo. Nas alturas, os olhos do menino brilharam diante do que se revelava. Que bebê lindo! Nem parecia de verdade! Tinha bochechas coradas circundando uma boca bem pequena. Ia ter sorriso bonito, pois não usava chupeta. A cabeça erguia-se levemente sobre um travesseiro bem fofinho. Como eram os cabelos? Ou era carequinha? Uma touca com rendas brancas escondia a resposta. Não o viu piscar. Será que o bebê dormia de olhos abertos? E que bonitos aqueles olhos azuis! Sabia que bebês sentem frio. Mães vestem meinhas e não deixam filhos descalços. Aquele filho estava bem tapado, dos pés ao pescoço, por uma manta bordada com anjos. Queria ficar olhando o bebê, mas o colo em pé para o filho grande não podia ser demorado. Doíam as juntas da mãe. Desceu o filho. Deram-se as mãos. Voltaram em paz para casa.

Estava de férias, visitando a família na cidade onde nasceu. Passou em frente à capela e viu a porta aberta. Estacionou o carro. A mãe, no banco do carona, com as sacolas do mercado sobre as pernas, perguntou: "Aonde vai?". Não era domingo nem Páscoa. "Vem comigo, mãe!" A mãe soltou as compras e admirou a gentileza do filho abrir a porta. Saiu do carro ajeitando o vestido. Deram-se as mãos em frente à escada de poucos degraus. A capela estava vazia, na penumbra. Direcionaram-se a um vão iluminado, à meia altura na parede em diagonal ao altar. Pararam em frente à imagem. Cada um com as palmas das mãos unidas, as pontas dos dedos encostando no queixo. A mãe cochichou. Ele também.

– Quem é esse bebê, mãe?

– É a Mãe de Jesus. Nossa Senhora Menina. Eu te trouxe aqui quando tu tinhas sete dias de vida. Pedi a ela para te dar saúde e iluminar a tua caminhada neste mundo.

Todos os pais tiveram mães. Todas as mães foram bebês. E que lindos bebês devem ter sido! Como esculturas. Agradeceu pela jornada repleta de iluminação, pela vida da mãe, pela saúde das filhas. Foram para casa em paz, saboreando gratidão.

Memória fotográfica

Nossos olhos são câmeras. Muitas de nossas memórias são filmes. Nós, filmadores, não nos vemos nas imagens. E quando não há movimento? Nós, fotógrafos, por vezes nos encontramos ali parados. Seria a lembrança de um retrato a mais legítima das memórias fotográficas? Em tempos de fotos não reveladas, as memórias tornam-se álbuns e porta-retratos.

A foto é em uma mesa de Natal. Talvez uma das últimas noites de Natal em que a família esteve reunida. Havia doze cadeiras: dez com encostos de estofados cor de telha, dispostas em cinco em cada lado da mesa, e outras duas, com estofados vermelhos, nas cabeceiras. A toalha era de um tecido grosso, cheio de flores bordadas em relevo. Parecia aquelas colchas que se colocavam na cama em dias de aniversário, para expor os presentes às visitas. Foi uma colcha dessas que o caçula cortou uma vez, ao produzir bandeirinhas de São João sobre a cama usando uma gilete. Recortou bandeirinhas em dobro, umas em papel colorido, outras em tecido de colcha. O cinto dobrou-se também ao descobrirem a proeza. Voltemos à mesa de Natal. O filho mais novo era o único em pé, sobre uma das cadeiras. Cabelo ajustado e brilhoso com o creme de pentear, desses que vinham em tubo de metal, como pasta de dentes. Noite de festa era noite de banho tomado, roupa trocada e fila para a mãe passar perfume. A ponta do dedo apertava o bico do frasco sem nome, o líquido cor de uísque escorria pelo vidro transparente. O dedo molhado e perfumado roçava pelos pescoços e por trás das orelhas, como um pincel e com a mesma destreza que passava gema de ovo para dourar os pastelões. Não há lembrança do cheiro do perfume. Mas é possível sentir o cheiro do pastelão dourado, recheado de frango com azeitonas, recém-saído do forno.

Na imagem natalina, o menino pequeno mostrava todos os dentes no sorriso. Olhos brilhantes. Roupa nova. Com o presente daquela noite entre o braço e as costelas. Uma vaquinha com quem conversava na vitrine da única loja de brinquedos da cidade. Tinha uma joaninha vermelha no lombo, quatro rodinhas verdes e uma corda macia que se estendia do pescoço até uma sineta de borracha na outra extremidade. Quando apertavam a sineta, a vaquinha erguia e baixava a cabeça como se cumprimentasse os passantes e emitia um muuuu prolongado.

Papai Noel deve ter visto um dia o menino olhando a vitrine e escutado a prosa dele com aquela vaquinha.

Bocas grandes

As bocas do fogão não falam. Só lançam chamas sob fundos de panelas. A boca do forno também é muda. Abre sorrateira, fecha ligeira e se deixa espiar através dela. Mas nada diz. Nem no calor da emoção. E se falassem essas bocas? O que diriam? Talvez revelassem segredos sobre quem as acende e controla. Alguém que ganha fama ao deitar a toalha na mesa, apresentando aromas e sabores. Fama assim não corre à boca pequena. Colheradas e garfadas é que correm às bocas, cheias. Correm, não; voam, tal qual foguetes rumo aos céus das bocas.

Era data de receber visitas. Gente fina da cidade. Pessoas ilustres, requintadas, umas de bom coração, outras dignas de velório e enterro em caixão duplo (um esquife à parte para carregar e jazer a língua, o chicote do corpo). Tinha medo dessas, as bocas linguarudas. Não queria ver sua fama de quituteira mágica escorrer pelo ralo da pia, lavando a louça com lágrimas de vergonha. Amava ser reconhecida como mágica, transformando mondongo em iguaria, moela em carne nobre, perfumando *carpincho*, tornando macia e suculenta até a paleta do boi que morreu de cãibra.

Tudo estava encaminhado. Ingredientes separados, carnes temperadas, louças e talheres polidos, bebidas geladas. Forno e fogão prontos para trabalhar. As crianças tinham sido bem recomendadas. Cumprimentem as visitas e voltem a brincar. Criança não faz sala. Não mete o nariz em conversa de adulto.

Começaram a chegar os convidados. Risos de boanoite e mãos solenes sobre o tórax, disfarçando o ronco das barrigas e o vazio entre as costelas. Uma pitada de sal. Um aperto de mãos. Um provar de molho. Dois beijos nas faces. Fiquem à vontade. Já volto. Não reparem. Só não há mágica de estar em dois lugares ao mesmo tempo. Duas mãos e dois olhos podem cuidar de seis panelas. Mas o fogão e o sofá são tão distantes... Provou os temperos. Controlou o fogo. Foi servir um aperitivo. Com a bandeja na mão, sentou-se à ponta do sofá, como quem não se demora. O jornal da cidade em diálogos na sala: quem morreu, quem pariu, quem casou, quem traiu, quem enriqueceu, quem faliu. Não queria ficar apenas com as manchetes. Um calor repentino esquentou e ruborizou suas bochechas. Tinha ficado muito tempo longe das panelas. Pediu licença e correu à cozinha. O arroz, logo o arroz, estralava na panela como se estivesse discando o telefone para o corpo de bombeiros. Nem abriu a tampa. O cheiro denunciava a ocorrência. Não tinha tempo a perder. Colocou outra panela no fogo. Preencheu com uma colherada de banha (*light* naquele tempo era só "luz" em outra língua). Picou meia cebola enquanto a água da torneira lavava os grãos no escorredor de matéria. Jogou tudo na panela. Menos o escorredor. *Tishhhhhh.* Fritou ligeiro. Cobriu com água da chaleira. Girou o sal. Tampou, suspirou, benzeu. Ia cuidar do tempo. Voltou para a sala secando as mãos no avental, perseguida pelo cheiro de queimado no corredor. Tentou enganar-se: ninguém vai perceber...

Quando apontou na sala pelo corredor da cozinha, avistou o caçula, que vinha do quarto. O menino, parado no meio da sala, parecia coelho em frente a pé de funcho, movimentando o nariz, ritmado. Os lábios em bico, a testa franzida. A mãe, percebendo o que o pequeno cafungava, nem conseguiu lançar o olhar de "fica-quieto-menino". O guri, como se portasse um megafone, anunciou:

– MAS QUE CHEIRO DE PIPOCA!

Contabilidades

Depois de tanto procurar, encontra o cofrinho de lata. Era para depositar as três cédulas de dois reais, troco de um sorvete, que estavam limpas, amaciadas, perfumadas e meio tontas com os rodopios na máquina de lavar, dentro do bolso de um shortinho.

Não se faz cofre como antigamente. Este, de lata e com tampa, possibilita saques a qualquer momento.

No tempo em que o pai era criança, os cofrinhos tinham o fundo e a parte superior colados ao cilindro de papelão. Quando o guarda-níqueis parecia estar com prisão de ventre, e só com esse diagnóstico, é que poderia ser aberto com uma faca serrilhada.

O cofrinho moderno, com tampa, foi aberto sem violência e sem emoção. Havia lá dentro um punhado de moedas e mais uma meia dúzia de cédulas azuis (as de dois reais; não as de cem).

Diante daquela fortuna, o pai pergunta:

– Para onde serão destinados esses recursos?

A pequena poupadora, com brilho nos olhos, responde:

– Dá muitas casquinhas... de sorvete.

O pai faz expressão de contrariedade, demonstrando que esperava resposta mais elaborada. E isso tem efeito imediato. A filha suspira pensativa. Os planos logo se modificam, tornando-se menos simplórios.

– Ou então uma casa da Monster High; uma casa da Polly, que abre e fecha; um carro da Barbie, com controle remoto; um cachorro e um apartamento de verdade, ali do outro lado (na outra rua, perto de casa).

O pai acompanha atentamente a lista, mas surpreende-se com a transformação dos itens, de casa de bonecas a uma casa própria. Sorte que ainda perto da morada dos pais.

Naquele exato momento parece que um cílio virou, roçando o globo ocular, produzindo uma lágrima que ficou empoçada na pálpebra.

A intenção do pai era confiscar o recurso recém-saído da máquina de lavar. Queria inteirar a verba para ir à padaria.

O dedo desentortou o cílio. Os pensamentos ainda fora do lugar. A lágrima empoçada ganhou vazão nas digitais.

Desistiu do decreto confiscador. Conferiu se o cartão de débito estava na carteira. Girou a chave na porta e saiu reflexivo.

Sonhar não tem preço. Sonhar vale muito a pena. O futuro é logo ali!

Desequilíbrio

Luzes! Do alto. Primeiro, um farol amarelo incandesce. Em segundos, apaga-se. Grandes fachos vermelhos surgem ao centro e nas laterais. O público paralisado. Para ver?

O picadeiro está armado. Um artista, preto e de pouca altura, vem ao palco para abrir o espetáculo. Agiganta-se sobre quatro pernas de pau. Equilibra-se. Joga aos ares três cones cor de laranja, com listras brancas encardidas. Parecem pesados aos punhos do malabarista.

Um cone cai. E logo outro vai ao chão. O semblante do artista-menino também em queda livre, triste.

Desce do palco elevado. Junta os cones. Firma-se no chão. Malabares ao céu outra vez, em piruetas.

De repente, luzes vermelhas pequenas piscantes parecem gritar em cada lateral do picadeiro.

O menino apressa-se. Rompe os corredores, ziguezagueando ligeiro no meio da plateia.

Seu público parece de aço. Imóvel. As vestes coloridas, metálicas. Sem palmas, sem *bravos*.

O circo montado em uma esquina da Avenida Ipiranga, às margens do Arroio Dilúvio. Aquelas águas, onde flutuam restos de incivilidade, despejos de egoísmo. Sob as pontes, abrigados, jazem em vida humanos-cidadãos.

Rufam os motores. Uma luz verde se acende. O artista põe os cones embaixo dos braços franzinos. Com uma das mãos livres, cata o banco alto de madeira que serviu de grua e palco.

Fileiras de automóveis arrancam fazendo vento. Poeira nos olhos. Um cisco. O pequeno desolado no meiofio. Intervalo contado em segundos para o próximo *show*.

Seu público, sempre apressado, agora também anda com medo, enclausurado, mascarado. Nenhuma mão pelas janelas. Vidros fechados. Raros cachês saindo do ar condicionado.

Quase nada no borderô. Quebrada a bilheteria da sexta-feira, e das semanas. A sobrevivência na encruzilhada. A fome tremendo nas tripas como em corda bamba. No circo daquela vida, mais dores que risos. O futuro, um trapézio sem lona.

Carta e flores

Palmas. Na calçada, em frente ao portão. O cachorro correu ligeiro. Latido estridente e desafinado, anunciando gente desconhecida. O nome do guardião da casa: Pitoco. Pelo tamanho do corpo e corte prematuro do rabo. A miudez em coloração de pudim de leite. Com a idade, escurecendo o pelo, ganhando as tonalidades da calda de açúcar queimado.

Abriu-se uma fresta na porta da frente. A senhora, com fios de cabelos prateados entremeados com pretos, espiou. Não reconheceu o visitante. O Pitoco tinha razão.

O homem, lá do portão, disse o nome dela.

– Sou eu – ela confirmou.

Abriu a porta e saiu. Desceu o degrau do jardim à rampa de entrada dos carros.

– Tenho uma entrega para a senhora – disse o homem.

Foi nesse momento que ela reparou o que o visitante trazia nos braços. Um plástico brilhoso, enfeitado de fitas. Embrulho no vaso de uma orquídea carregada de flores coloridas, parecendo passarinhos.

– Quem mandou? – ela quis saber.

– Tem uma carta – respondeu o homem.

A senhora abriu o portão, pegou o presente e agradeceu ao homem.

– Desculpa eu estranhar – emendou quase sem jeito. – É que nesses tempos não vem ninguém aqui. A rua anda vazia. Nem os cachorros latem mais.

O entregador só balançou a cabeça, com o sorriso escondido atrás de uma máscara de tecido estampado.

Ela subiu de volta ao jardim. Entrou em casa e soltou o vaso no aparador em frente ao espelho.

– Para a rua, Pitoco! – ralhou com o companheiro, que tinha aproveitado a porta aberta.

O cachorro deu meia-volta, andando encolhido, enquanto ela admirava as flores. Orquídeas, suas preferidas. Pegou a carta. Antes de abrir o envelope, fechou a porta. Pitoco ainda não tinha afastado o focinho da soleira. Começou a ler em pé, no caminho pelo corredor, entre a porta de entrada e a sala mais distante, onde estava sua cadeira de balanço.

Mãe, estamos bem. Com saudades. Várias vezes temos pensado em entrar no carro e viajar esses quase quatrocentos quilômetros até aí. Mas ir para só abanar pela janela... sem poder dar um abraço nem sentar à volta dessa mesa repleta de coisas boas. Estamos com saudades, sim, de ouvir suas histórias e dar boas risadas. Estamos precisando de risadas. São como alimentos bons, feitos com carinho. Fortalecem a imunidade. A defesa de que todos estamos precisando. Ninguém sabe como o corpo vai reagir a esse vírus danado. Ele não é de nada, dizem. As reações do organismo lutando contra a entrada, o estabelecimento e a multiplicação desse bicho é que produzem essa diversidade de sintomas com diferentes níveis de gravidade. Em cada corpo, de um jeito. Por isso não há remédio. O melhor remédio é a prevenção mesmo. E vacina é prevenção. E cuidado com o outro. Pelo mundo, anda tão desleixado esse cuidado com o outro... Ainda bem que não foi assim que vocês nos ensinaram. Sobre cuidados e prevenção, as crianças aqui aprenderam rápido. Não pode mexer nos olhos para tirar remelas, no nariz para caçar tatu nem ficar chupando o dedo. Parte da infância se perdeu. Mas estamos prevenidos. Sabemos que vocês também estão se cuidando. Que não vão mais à missa. E que o cantinho dos santos agora se transformou em altar de capela. Eu fico imaginando uma fila de anjos na hora da prece. A fila anda quando o primeiro pega as palavras e sai voando até o destinatário. O próximo da fila logo se apruma, esperando a vez de transportar sentimentos bons e pedidos de saúde. Recebemos essas preces, mãe, todos os dias. E agradecemos pela saúde e pela vida, nossas aqui em casa, de vocês aí, de todos os que amamos. Saúde é hoje, e sempre foi, o maior bem da humanidade. Com saúde, amor e saudade, um carinho do teu filho...

Leu os nomes, na letra de cada um. Sentiu-se abraçada. Como devem estar grandes as netas. Sorriu. Os olhinhos com lágrimas acumuladas pelos cantos. Suspirou olhando a flor. Dobrou a carta. Apertou com as mãos contra o peito. Andou assim até o cantinho da reza. Depositou a carta aos pés dos santos. Acendeu uma vela. Juntou as mãos em oração para agradecer.

Das cascas, de ovos

A mãe quebrando ovos. Separando claras e gemas. A mão, como colher, mistura ingredientes. Farinha, açúcar, leite, manteiga, ovos e fermento. Põe a massa para descansar, no escuro, sob o pano de prato. Uma parte das gemas vai ao fogo. Com açúcar, leite e umas gotas de essência de baunilha. O cheiro recende.

O caçula, brincando no pátio, movimenta o nariz. Cheiro bom! Vai farejando. Água na boca.

A mãe vê o guri estacado na porta da cozinha. Ele movimenta só a língua, lambendo os lábios. Olhos arregalados para o doce borbulhante.

– Primeiro deixa eu rechear. Depois, se sobrar, separo para ti.

Brilho nos olhos do menino. Quanta doçura daquela mãe!

Fim do descanso da massa. Agora espichada com o rolo sobre a mesa. Cortada em tiras. Dois dedos segurando a dupla de cones de metal. A tira de massa enrolando na volta. Vão à forma. Pincelados com gema. E ao forno. O cheiro dos canudos assados indica que logo vão ter recheio. *Nariz sujo*, como alguns denominam. (Quanta heresia para um doce tão gostoso.) O guri volta à cozinha. Para fazer um balanço entre recheados e recheio. De olho no que resta do doce amarelo. De relance vê as cascas de ovos. E se lembra. Tem que levar o material para a aula de Educação Artística.

O pai, às voltas com as louças na pia, coloca-se à disposição para obter a casca mais perfeita. Trinca um ponto na base do ovo. Empunha o saca-rolhas. Vai girando no trincado, para dentro do ovo. Retira. Uma abertura minúscula. O desafio de esvaziar. Conteúdo gelatinoso disputando a saída com o ar. Clara e gemas, saindo a conta-gotas. Pingos esticados. Vai e vem. O saca-rolhas ajuda. Muito tempo depois, eis a casca. Ovo vazio parecendo íntegro.

Teve sobra de doce. A mãe põe dentro de um pote de margarina. Tampa o pote. Põe uma colherinha em cima.

– Pode levar de merenda.

O almoço a jato. Este dia promete. Não vê a hora de chegar à escola e surpreender a todos com a casca perfeita. E também esperar o *bléin-bléin-bléin* do sino da hora do recreio, para saborear o doce mais desejado de todos os tempos.

Hora da aula de artes. Antes que tirasse a casca perfeita de dentro da pasta, burburinho geral. Aglomeração ao redor de outra classe. Uma colega havia trazido a casca de um ovo tão grande que parecia de avestruz. De ema, talvez. A professora corre com a caixa de madeira que guardava giz. Dão marteladas na supercasca. Marteladas? Sim, com a caixa de giz. Tudo quebrado, em pedacinhos.

A professora distribui folhas recém-mimeografadas, cheirando a álcool. Um pato desenhado. Contornos em linhas azuis da matriz.

– Espalhem cola sobre o desenho e vão colando os pedacinhos de casca. Deixem secar.

A casca semiperfeita na mão. O olhar à janela. Gotas de chuva lá fora. Pensamento despedaçado, imaginando o pai, coração partido, vendo o trabalho de artes. Aquela casca quase inteira, com seu micro-orifício, transformada em farelos.

Ah! Nada como uma dose de açúcar para reanimar! A merenda especial. Em dia de chuva não há recreio no pátio. Vão comer o lanche na sala. Os colegas irão babar pelo doce mais espetacular e inigualável, jamais visto em qualquer merendeira.

O sino avisa a hora do recreio. Saca ligeiro o pote de margarina antes que alguém apresente merenda mais fantástica. Bem que... será difícil existir algo tão fabuloso quanto aquele doce. Tira a tampa. Crava a colher. Sobe à boca. Olhos fechados, deliciando-se com o creme amarelo.

O colega da mesa ao lado cutuca o outro na mesa de trás.

– Olha! Ele come manteiga!

Doce inocência

Saiu do consultório aos pinotes. Os saltos das sandálias perfurando as calçadas. Queria mesmo era furar os olhos daquele psicólogo. Para quê? Ele já era cego! Não enxergava o óbvio. E ficava lá, com aquela cara de tonto, martelando os pregos da infância. Como assim, sexualidade infantil? Odiava esse tema desde quando cursou a disciplina de Psicologia da Educação na faculdade. Uma afronta à idade da inocência.

Com o mesmo impulso que dobrou a esquina, empurrou a porta da cafeteria. Sentou-se à mesa, bem debaixo do ar-condicionado. Quem sabe esfriava um pouco a cabeça. Resmungou o pedido ao garçom: um expresso duplo. Veio a xícara. A fumaça subiu encontrando as ideias nubladas. Deu um gole. Faltava açúcar. Quanta amargura! Despejou duas colheradas. Mexeu e provou. Sugou até o último resquício de glicose da colher. Depois de um tempo na boca, a colher voltou à xícara e lá ficou dando voltas, quase tonteando o café. Deu mais um gole. Sorriu com a xícara nos dentes. Tinha adoçado os pensamentos. Luzes, câmera e ação no filme que começava a rodar em sua memória. Iniciou sem áudio e sem legendas. Apenas imagens desfocadas, movimentos repetidos. A colher girando no copo com leite. Um redemoinho misturando o açúcar e o achocolatado. Estavam à mesa do café da manhã. O pai, devorando um melão picado. A mãe, olhos cansados, passando manteiga no pão.

Pobre mãe. Há várias noites tinha o sono interrompido pelos chamados da filha no quarto ao lado: "Estou com frio. Põe mais um cobertor". "Estou com calor. Abre a janela." "Tive um pesadelo." A mãe vinha, atendia a nova demanda e ouvia o mesmo pedido: "Deita aqui comigo, não estou conseguindo dormir". De manhã, a filha acordava com um sorriso nos lábios. A mãe, com torcicolo.

Na última noite, o cansaço ensurdeceu a mãe, que sempre foi tão vigilante. A filha chamou. A mãe nem gemeu. O pai despertou de um sono profundo, muito profundo. Ouvia ao longe um murmúrio que foi se intensificando. "Mosquito! Mosquitoo! TEM MOSQUI-TOOOOOO!" A mãe gemeu. O pai disse "deixa que eu vou". A filha, esgoelando o urso de pelúcia com um braço, estava sentada na cama. "Tem mosquito, pai. Já me picou aqui, aqui e aqui. E fica fazendo barulho no meu ouvido." O pai, herói destemido, voltou ao seu quarto para catar os óculos. Retornou inspecionando paredes, os arredores da luminária, o espelho, as portas do guarda-roupa. Nem sinal de hematófagos zumbidores. "Nada, filha." A pequena, com olhinhos pedintes, suplicou: "Fica aqui comigo. Ele pode voltar". O pai entalou-se entre os pés e a cabeceira da cama. A filha fechou os olhinhos e sorriu. Em poucos segundos, o pai estava dormindo e roncando. Som de turbina de avião no espaço aéreo até então ocupado por mosquitos.

A colher girava misturando o leite, o açúcar, o chocolate em pó. Saiu do copo e veio à boca. Sugou estralado e largou sobre a toalha. Deu um gole. Doce. Bom. A menina sorriu mordendo a borda do copo. "Mãe, hoje o pai dormiu comigo!"

O expresso estava frio. Por que não tinha pedido um *cappuccino*? Essa terapia estava confundindo até os seus desejos. "Agora vem com essa história de reedição de amor e ódio pelos pais. Ah! Mas isso eu não vou aturar. Não me pertence. Esse complexo não é meu, é do Édipo!"

Arte e Profissão

Em memória de
Aldo Daniele Locatelli (1915-1962)

Antes de a massa tornar-se seca e rígida, é tingida. A fresco. Em muros, paredes, tetos. A massa ganhando cores, como a vida nascendo do pó. Bérgamo, Itália. O menino, em tenra infância, corre à igreja em restauração. Encanta-se com o poder transformador de tintas e pincéis. Sorri para a arte. Vê a expressão sisuda do pai. Pintar não deveria ser profissão? O pai convence-se. O filho, aos dezesseis anos, inicia os estudos nas técnicas renascentistas. Pelas escolas de Bérgamo e Roma desenvolve sua arte em cores, nuances de luz e sombra, a perspectiva, as três dimensões e o realismo anatômico.

Vem ao sul do Brasil para pouca demora. O tempo de tingir as alturas na catedral de Pelotas. A terra de transformação mágica do açúcar em sabores portugueses viu pós de cal, gesso e cimento serem cobertos por cores e formas de técnica italiana. Olhares citadinos com atenção ao alto. Mudanças de planos à frente.

A esposa veio ao encontro, cruzando o oceano. Estabeleceram residência, com fundação nas belas artes. Das aulas de pintura à criação da escola. Convites a novas mudanças.

Com dois filhos brasileiros, vão morar na capital. Os pincéis, acostumados a produzirem imagens sacras, passam a representar fatos históricos e o folclore. O Palácio do Governo gaúcho retira os quadros das paredes. Agora as paredes são os quadros.

Viveu no Brasil pouco menos do que o tempo de dezesseis anos que levou para iniciar na escola de arte na Itália. As cores da vida perderam o tom de forma muito prematura.

Em terras brasileiras, manteve a persistência do menino. Criou e impulsionou escolas. Realizou obras grandiosas. Surpreendentes como se vivas estivessem. E vivas estão.

Ensino e aprendizagem

As gurias estavam atarefadas. Uma de olhos grudados na televisão, a outra decidindo os destinos das bonecas em uma minicidade no chão da sala. Foi quando o pai passou carregando seu material da tarefa de casa: uma pilha de roupas, recém-saída da máquina, equilibrada dentro de uma bacia.

Em movimentos parecendo automáticos, foi recolhendo a roupa seca do varal, para abrir espaço à turma da pilha. Nunca havia pensado em como aprendeu a fazer aquela tarefa. Alguém ensinou? Aprendeu observando? Assistiu a algum vídeo? Mas, naquele exato momento, não era mesmo sobre aquilo que estava pensando. Até ser interrompido por uma voz cooperativa:

– Posso ajudar?

O pai havia recolhido a maior parte das roupas e precisava dobrar aquelas que tinha retirado do varal. Para isso, não poderia desperdiçar os préstimos recém-oferecidos. Aceitou, e com toda a disposição para ensinar a pequena ajudante.

Começaram a dobrar as roupas, quando a auxiliadora observou:

– Como assim? Tu não sabe dobrar calcinhas?

Houve uma parada súbita. O tempo necessário para o pai revisar mentalmente a técnica. Com o olhar dirigido à voluntária, chancelou que o máximo que tinha alcançado nas aulas práticas de dobradura de peças menores era aquilo que ela tinha visto.

A suposta aprendiz alçou-se à condição de mestre.

– Vou te ensinar! Pega uma aí!

Enquanto o pai posicionava seu material para a aula, teve a primeira dúvida. Questionou se o lado sul ou o lado norte da peça era o que ficava para a frente.

A pequena franziu as sobrancelhas, não conseguindo disfarçar sua decepção com tão pouca experiência do aluno. Começou então a explicar:

– Assiiiim! E agora puxa este ladinho para cá, depois este outro. Daí esta ponta põe por dentro e tá pronto!

O pai acompanhou atento. E logo seguiu o tutorial para dobrar a peça que ele havia escolhido. Completou a tarefa sem dúvidas nos procedimentos.

Mas a professora apontou e argumentou:

– Tem que melhorar o final. Essa ponta vai bem para dentro. Daí fica menor. Sobra mais espaço para guardar todas e assim não solta, não desdobra.

Há tantos desafios no ensino quanto na aprendizagem. Para aprender e ensinar tem que haver disposição, disponibilidade e um contexto que aproxime à vivência, à realidade prática.

O pai refaz a aula. Afinal, repetir faz parte do aprendizado. Ressignificar, também. Aprende-se com e como aprendizes, que todos são, sempre.

Para viagem

Quando a viagem é longa, a fome pode pedir carona. E, se a moeda é escassa ou não há previsão de paradas do meio de transporte, a fome, espaçosa, senta-se à janela. Espalha-se nas poltronas das cavidades digestivas. E puxa um ronco.

Mas existem mães prevenidas, que arrumam um espaço na bagagem para o lanche que chamam de *fiambre*. Herança cultural das vagarosas jornadas de carretas puxadas a boi, atualizada pelos indigestos preços dos cardápios nos aeroportos e dos códigos de barras nas comandas dos paradouros modernos.

As bagagens, neste caso, também podem ser chamadas de merendeiras ou lancheiras, que carregam preciosos valores nutricionais. E há muitos valores na ação de nutrir. Aprontam-se lancheiras recheadas também de carinho.

Quando o caçula foi pela primeira vez à escola, sua lancheira era um saco de tecido em que a mãe fez um bordado. O valor verdadeiro estava no conteúdo de delícias para a hora mais esperada na escola. Mas dizem que esse tal de *bullying* teve os primórdios lá no século passado, quando um coleguinha de primeira série, na ingenuidade cognitiva infantil, perguntou para o outro coleguinha por que ele levava merenda em uma fronha...

Traumas passados, sempre que o nome do pai aparece na escala para arrumar as modernas lancheiras das filhas pré-pré-pré-universitárias, o foco é no valor nutricional *fitness* da geração atual (quando o tempo, a despensa e a geladeira ajudam): iogurte, frutas, água; bolos e biscoitos com restrição; doçuras pesadas banidas pelo regulamento.

O pai também tem uma lancheira para levar ao local de trabalho. Não mais aquela ultrajada no passado. Apesar da atual também ser de tecido, conquistada em um final de ano após adquirir o conteúdo em uma rede de supermercados. E muitos dos colegas conterrâneos do pai têm igual. Talvez por isso não há *bullying* por usá-las (que se saiba...).

Em uma manhã, a sacola com os lanches do pai estacionou por um breve momento próximo à porta de saída de casa. O pai, enquanto fazia os últimos ajustes para sair rumo ao trabalho, não notou que sua bagagem estava sendo selecionada a passar pelo *scanner*. No instante da inspeção oficial, uma sirene vocálica disparou um som alto e forte, algo como: OOOOOOLHAAAAAQUIIIIIIII!!!!

Ao ouvir o sinal, o pai disparou no corredor entre o quarto e a sala, chegando como uma flecha ao lado de sua preciosa lancheira. A inspetora, pequena, mas com grandes olhos de raio X, segurava o produto apreendido e mencionou o regulamento:

– Barras de chocolate não podem ir na lancheira!

Produto apreendido. O pai despencou os ombros. Entregou o passaporte e assinou o Termo de Apreensão. Sem desacato.

Até o cata-vento

A fumaça saindo pela chaminé de latão avisa que a casa acordou. O sol ainda está dormindo atrás das coxilhas. O Cruzeiro do Sul brilha como a brasa no fogão à lenha. A água borbulha na panela cozinhando a batata-doce. O galo canta em tom alto e esticado. Silencia por segundos e logo brada outra vez, equilibrando os esporões sobre um palanque. Sons da alvorada dos bichos: de criação, da mata, do campo.

Na cozinha, a mãe toma um mate com a madrinha. Enquanto arrumam a mesa do café da manhã, confabulam sobre o cardápio do almoço.

O caçula desperta. Passa do quarto ao banheiro. Despeja a água do jarro na bacia alouçada. O sabão em barra faz pouca espuma. Mas tem cheiro de alecrim. Lava o rosto e segue o faro ao pão assado. Está na mesa. A casquinha firme e dourada. O miolo macio recebendo a manteiga recém-batida. Leite fervido. Café. Giros de açúcar grosso. A mãe o serve. Retribui com um beijo na mão, pedindo a bênção. Alimenta-se o menino, abrindo o apetite para o dia.

A madrinha volta do pátio trazendo água do poço para a higiene e as chaleiras. Recebe o *bom-dia* do menino. Passa a mão nos cabelos do pequeno.

– Tu anda dando chá de taquara para esse guri, minha afilhada?

O garoto está crescido mesmo. A bota está apertada no dedão. E a camisa xadrez, curta, já não fecha os botões nos punhos. A mãe vem e arremanga.

– Posso pegar mais uma fatia de pão?

A mãe consente, mas com o alerta da parcimônia:

– Só mais uma.

Enquanto o menino dá as últimas dentadas no pão, dessa vez com doce de abóbora, a madrinha traz uma garrafa de cor caramelo. – É o leite dos guaxos – ela diz.

Entrega a garrafa ao menino.

– Aqui está o bico – a madrinha mostra.

Um cone de couro preto costurado na lateral.

– Essa parte encaixa no bico da garrafa – explica. – Mas tem que segurar firme, porque os cordeirinhos dão uns puxões bem fortes.

O pai e o padrinho estão soltando as ovelhas para o campo. Três filhotes permanecem junto à cerca ao lado da porteira, esperando o leite. O guri segura firme a biqueira na garrafa, contando mentalmente o tempo para o mamar de cada um.

Cumprimenta os madrugadores. O padrinho aponta mostrando o cavalo encilhado. O menino sorri e agradece. Entrega a garrafa ao pai e corre para o lado da mangueira. Solta o nó da rédea que estava presa no mourão. Cumprimenta o bicho, passando a mão na mancha branca da fronte. Sobe no lombo do cavalo. Tem pernas mais curtas aquele, por isso chamam de petiço. E também não é ligeiro, porque é bem barrigudo.

Seguem no tranco dos passos lentos, cruzando a porteira que se abre para o campo. A brisa no rosto.

Dois cachorros juntam-se ao passeio. Um de rabo fino. Na verdade, todo o corpo em finura, do focinho à ponta da cola. Um exímio corredor. Da raça que chamam de Lebreiro. O outro, um preto com branco, de pelo longo bordado de carrapichos do trevo-de-carretilha e de flechas do picão-preto. A raça desse chamam de Ovelheiro.

Os cachorros correm à frente, desentocando os perdigões. *Prrrrrrrrrrrr*, como um apito no bater das asas ao saírem das moitas. O cavalo não se assusta. O guri é que ainda se apavora quando o petiço baixa a cabeça para pastar numa maçega. Segura-se firme nos arreios e olha para o chão como se estivesse no alto de um escorregador.

A jornada segue na andadura máxima de um trote lento. De onde estão, já escutam mais próximo o *nhééééééc, nhééééc.* Passando a mata de eucaliptos, avistam o cata-vento rodopiando as pás, puxando água.

Descem a coxilha em direção à cacimba. Os cachorros chegam primeiro, espantando as pererecas. Os bichos matam a sede na água que reflete o sol da manhã.

É hora de voltar, já pensando no almoço.

Pés na terra, fé nas águas

Os pés descalços. O encontro da pele com o chão. A terra tornando-se parte do corpo. Energia que vibra e impulsiona o caminhar. O andar mais ligeiro. Quase uma corrida. Esgueirando-se na mata. A trilha indica a rota, às margens do riacho. O caminho da praia. O barulho das ondas. A mata abre-se para a areia. À vista, uma imensidão em cores sobrepostas: branco, verde-esmeralda e azul-céu.

Onde o córrego parece dar gargalhadas, faz curvas nas pedras e encontra o mar. O corpo esguio e firme, tingido de vermelho, vai em direção às águas. Ajoelha-se em terra, defronte onde o doce visita o sal. Cabelos cor de jabuticaba madura. Colares de sementes adornando o pescoço. Um penacho colorido, firme sobre a testa e com extremidades que balançam ao vento nas fibras do cipó. Os olhos fechados, como em concentração na conversa com um Deus que não se vê. Aproxima dos lábios os punhos cerrados. Abre-os e sopra poeira de ervas e cinzas. Uma pequena nuvem forma-se e logo se deita sobre a corrente das águas, dançando para o mar adentro.

Acompanha a rota da corrente até as ondas. Imagina onde irá chegar. Vê no horizonte que o sol logo vai sumir. Apressa-se para retornar à aldeia. A noite da mata tem olhos escondidos, com dentes e garras afiadas. Corre mais veloz do que o ímpeto que a trouxe à praia. Não há espinheiros nem formigas que interrompam a corrida. Toma fôlego no desejo de chegar.

Alcança a clareira iluminada. Há pequenas fogueiras na aldeia, ao redor das malocas. O cansaço está no corpo, ainda sem ser percebido. Avista o pajé em frente à oca onde ela tem morada. O semblante dele não diz nada. O vento nos guizos do cajado parece querer anunciar maus pressentimentos.

Entra na oca. Ajoelha-se mais uma vez neste dia. Agora, ao lado da rede, que não balança. É onde está seu amado, com os olhos fechados. Como se também estivesse conversando com um Deus que não se vê. Ela ergue a mão e toca-lhe a testa com o sabor doce e salgado do encontro das águas. Não há mais febre. Mas também não há frio. Seu guerreiro ainda vive. O filho que ela traz no ventre correrá nas campinas, nas matas e nas praias ao lado do pai.

Conto de fadas

O tempo é o senhor das oportunidades. Muito antes de postular uma vaga como secretária no consultório do pai e, mais recentemente, manifestar o desejo de ser médica, a primogênita queria ser dentista. Então, houve a chance para o exercício de procedimentos odontológicos. E foi com sucesso. Auxiliou a irmã caçula a extrair um incisivo que estava mais frouxo do que prego na polenta.

O dia seguinte amanhece com sons de protesto. A família é acordada com manifestações indignadas da caçula. A fada do dente não havia deixado a verba indenizatória sob o travesseiro. Mas, por sorte, o dente permanecia lá (contrariando a sina atual deste país, onde se vê irem os anéis, os dedos, os dentes, os sorrisos...).

A história se prolonga ao café da manhã; argumentos em tentativas de a caçula explicar a si mesma os possíveis porquês de a fada atrapalhar-se com a agenda e as finanças.

O pai tenta ajudar:

– Talvez o pagamento do 13º salário das fadas esteja atrasado...

A pequena suspira:

– Eu sei que a fada do dente ajuda o Papai Noel, e eles estão com muito trabalho.

E segue sua linha de pensamento:

– Deve ser pressa mesmo, porque em outro dia a fada passou correndo na casa da minha amiga, deixou o dinheiro e nem levou o dente.

O pai, a mãe e a mana mostram-se mais interessados por essa parte da história. O pai pergunta:

– E se outra pessoa pegasse o dente que a fada esqueceu e colocasse debaixo do próprio travesseiro?

A pequena, sempre atenta, responde de pronto:

– Sem chances! A fada, antes de colocar o dinheiro, abre a boca da pessoa para ver se foi ela mesma quem perdeu o dente.

Sob este argumento, que lembra algo como *Sorria, você está sendo filmado*, o pai contemporiza:

– Nesta época, em que também ajuda o Papai Noel, a fada pode não ter hora marcada para suas visitas...

A pequena, de sorriso aberto (literalmente), capta a mensagem. Disfarça e sai de mansinho. Logo retorna do quarto à sala. Vem saltitante pelo corredor, abanando nas mãozinhas duas cédulas de dois reais e gritando:

– MEU DEUS! A FADA TÁ RICA!

O pai e a mãe trocam olhares e sorriem, já pensando em colocar uns boletos embaixo de seus travesseiros.

Dor em segredo

Nem todo mal tem cura. Mas um alívio se consegue. Aliviar a dor do outro era com tia Amélia. De coqueluche a coice de potro, de intestino preguiçoso a coração partido. Vivia no tempo em que as cidades tinham mais bailões do que farmácias. Sabia falar com as plantas. Entendiam-se pelo propósito de fazer o bem, sempre. Compromisso atendido no ato de estancar a fome, amenizar o calor, dar vida, beleza e perfume a lugares toscos e vazios. E, sobretudo, em compartilhar as propriedades de cura. Conversava com troncos de árvores antes de extrair resinas e pedaços de cascas. Pedia licença aos ramos antes de cortar maços de folhas verdes. Coletava frutos e sementes para secar ao sol e macerar no pilão. Fechava as raízes em garrafas com aguardente, para produzir extratos. Orientava, ainda, que o melhor remédio é o capricho, o asseio. Um banho bem tomado, com água morna e sabão feito de graxa pura e alecrim, limpava todas as impurezas que rondavam as aberturas do corpo. Recomendava o passo a passo da faxina geral. Água de poço fervida no fogão à lenha e derramada na bacia. O sabão especial. Primeiro, lavar o rosto. Depois, as partes. Porque, se lavar as vergonhas e depois o rosto na mesma água, vai ficar com a cara feia.

Banho tomado, corpo pronto para a energia das ervas. Pote à parte, talos e folhas abafadas na água morna. Era uma relação muito próxima com as plantas. Como se corresse seiva em suas veias, misturada ao sangue das gerações. O ofício curandeiro era sua herança. Nada cobrava. Reconhecimento vinha em forma de agrado e presentes, e simplicidade, como apreciava: uma galinha gorda, um pano de prato bordado, uma panela de barro, um tacho de madeira...

Naquele dia, o sol estava quase encerrando o expediente. Bateram palmas na frente da casa. Ainda no eco do *clap-clap*, veio um grito de *ó-de-casa*! Amélia afastou a cortina e espiou pelas frestas da janela. Havia um homem alto atrás do portão de tábuas. Não reconheceu o vivente. Não era das redondezas. Ajeitou os fios de cabelo que escapavam da trança, abriu a porta e esticou o passo para atender o visitante.

– Boa tarde, seu moço, em que posso ser útil?

– É o meu menino – responde o homem.

Amélia abre o portão e vê o guri. Pergunta o que havia acontecido. O homem começa a explicar. Um cobreiro na perna... O menino interrompe:

– Minha tia disse que foi xixi de aranha.

O homem corou a face. Amélia sorri apertando os olhos e balançando a cabeça.

– Vamos ver isso. Passem aqui.

Eles vêm atrás, pela lateral da casa. Chegam ao pátio dos fundos, com árvores, horta, jardim e uns bichos soltos. Ela pega o menino pelo ombro e o posiciona na quina da casa.

– Neste horário ainda posso ver.

O pequeno aponta a mancha. Pontinhos vermelhos saltando da pele.

– Dá muita coceira – reclama.

– Já volto – ela diz.

Dirige-se à horta. Destrava o portãozinho. Contorna a cerca de taquaras secas com chapéus de cascas de ovos. Traz um maço de ervas na mão. Entra pela porta dos fundos da casa e volta de lá com uma bacia pequena. Há um líquido dentro, onde passa as ervas, antes de movimentar o maço sobre a ferida. Movimentos em cruz. O menino tentando entender o que ela sussurra. O homem atento ao lado. Amélia explica que vai fazer uma reza. Diz a eles para repetirem o final, todas as vezes, como um pedido que deve ser atendido. E assim fazem.

– Está pronto – anuncia. – Voltem na próxima sexta-feira.

O menino afasta-se, perseguindo um gato rajado. No meio do pátio, acocora-se perto do bicho, que veio roçar o corpo nos seus joelhos, ronronando de cola erguida.

Puxando a carteira do bolso, o pai pergunta quanto custa.

– Guarde, guarde a carteira – diz Amélia. – A tua fé é que paga.

Ele sorri e agradece.

– E o senhor, tem dormido bem? Ou tem coisas na cabeça ocupando o lugar do sono?

Ele arregala os olhos, surpreso. Ela orienta:

– Ferva uma maçã picada, acrescente uma folha de alface no fim da fervura e beba como chá antes de deitar. Eu sei que a dor da saudade não tem cura. Mas se tem saudade, é porque algo bom foi vivido. O amor que o senhor tem por este menino está aí para provar.

Por doçuras, travessuras

Naquele tempo a restrição das doçuras era mesmo por escassez. A culpa pela quase raridade de guloseimas na casa era da distância dos centros produtivos e de distribuição. Mas o guri tinha um plano... Aproximou-se rodeando a mãe. Postou-se na retaguarda. Mimoso, fazendo afagos, movendo as mãos pequenas pelos longos fios dos cabelos da genitora. Trançou, fazendo os entrenós pelas travessas do espaldar da cadeira onde a mãe se assentava. Entretida a debulhar feijão, nem percebeu o cárcere capilar que lhe aprontavam.

A grande cadeira colonial, confortável em seu assento de palha tramada, estava em posição estratégica. Às costas da mãe, ficava a prateleira de tábuas, onde grandes latas abrigavam variados tipos de alimentos.

Deixou a mãe dedilhando as vagens, sob a sinfonia dos grãos estralando na bacia postada no colo. O alvo do guri era um só. A lata onde estavam as pedras de açúcar. Tesouros em cubos.

Puxou o banco mais alto. Medida certa para diminuir a distância. Escalou. Alcançou o fundo da lata com as pontas dos dedos. Um esforço digital para mover ao seu encontro. Parecia recém-sortida. Estava mais pesada. Redobrou a força nas articulações. Desequilibrou-se. Banco, guri e latas ao chão.

A mãe tomou um susto. Bacia e grãos voando aos ares. O corpo preso. Os gritos.

O filho saiu como um foguete pela porta que dava aos fundos da casa. Disparou cortando o rumo do pomar, mais além da privada de madeira. Agora no campo aberto. Ainda corre o guri. Longe, bem longe, ouvindo os ecos dos gritos da mãe.

Somos filhos de quem?

Um menino negro corre subindo o morro. Uniforme surrado da escola pública. Corre o menino, abraçado a uma pasta com zíper roto. Dentro: caderno, livros, dois lápis. Não tem borracha que apague. Uma das mãos (que fecha o abraço aos estudos) segura também as alças de uma sacola de plástico. Um litro de leite. A dor da fome ninguém apaga. O choro dos irmãos menores é som que fica, gritando na mente como tiro nas paredes de lata.

Quando ele chega ao alto do morro, não há choro no barraco. Um silêncio cruel.

– Mãe! MÃE!

Ajoelha-se diante do corpo da mãe. Uma dor tão grande. Chora lágrimas com centenas de anos de história.

Ano: 1560. De ordem da Regente Dona Catarina, arquiduquesa da Áustria que se tornou rainha de Portugal, os senhores ocupantes das terras de Cabrália recebem a autorização para terem até 120 escravos africanos. Uma permissão abençoada pelo Papa desde o século anterior, sob as mãos abertas da cristianização. Os tumbeiros cruzam o oceano. De Angola ao Estado do Brasil. A luz da lua nas frestas. O canto. O lamento. O cheiro da morte. O bater das ondas. O mar chorando sal.

Ano: 1670. A mesma dor dos porões dos tumbeiros paira no interior das senzalas. Em canto, lamento e mortes. E amplifica-se a cada chibatada a um irmão amarrado no tronco. O sangue escorrendo sob a luz que espia. A lua cheia, clareando a mata. É madrugada, e um homem negro corre ofegante. Exausto. Quando o dia vem amanhecendo, o capitão do mato persegue o jovem, que ante uma elevação no terreno, tropeça e cai. Tem agora as mãos e os pés amarrados. Retorna arrastado. O corpo só se ergue quando pendurado ao tronco. Não sente mais dor.

Ano: 1740. Os papéis assinados são cartas de alforria. Para as mulheres em idade fértil e crianças nascidas no Brasil filhas de escravos. Uma liberdade aprisionada. As cartas estancando a produção brasileira de escravos. Plantações de cana-de-açúcar cobrindo terras e mais terras. Tempos de crescimento da cruel movimentação transatlântica dos tumbeiros.

Ano: 1850. À boca pequena, o aviso forma um rastro. Vem da beira da praia, toma as vielas de Porto Rico e corre entre os canaviais. Os senhores de engenho já sabem: chegou galinha no porto. Não ouvem os gritos das angolistas. Tampouco se importam com a condição das pessoas que vêm sob as gaiolas das aves. A vila que viu crescerem os olhos ao ouro vermelho do pau-brasil tornou-se Porto Rico expulsando e dizimando os índios caetés. Agora, tomada por um ouro bronzeado que clareia o branco. Adoça o luxo, brilha a riqueza, em meio a suor e lágrimas de vidas negras.

Ano: 1910. É véspera de Natal. Noite de luzes e banquetes. Na cela da Ilha das Cobras não há luz, nem alimentos, nem água. Não se pode chamar de solitária um lugar minúsculo onde amontoam-se dezoito seres humanos trazidos de dentro de navios. Dois homens negros sobreviveram àquela masmorra e agora seguem rumo ao manicômio da Marinha na Praia Vermelha. Que tristes histórias guarda aquela praia... e testemunhará mais uma.

Ano: 2020. Uma lei dourada no nome permanece amarrada ao tronco. Uma Carta dita Magna, nascida um século depois dessa lei, agoniza no escuro de um tumbeiro sem rumo. O canto nas senzalas atuais continua sendo um lamento. Ainda dói a dor do açoite. Na fome, na miséria, no relento, na marginalidade, na desigualdade. Toda forma de violência é chibatada. Arde a perda da dignidade. E arde ainda mais naquele que não sabe por que apanha. Qual é mesmo o motivo? Que justiça está sendo clamada? Quando virá a reparação? Quem compreende a dor do outro não precisa de leis. É livre e digno quem se liberta da própria dor para lutar pelo não sofrimento do outro.

No barraco, a mãe ainda respira. Vai ficar tudo bem, ela murmura. As palavras engasgadas.

– Estuda, meu filho. Estuda.

O garoto corre à tina para pegar um copo d'água. Não tem água. Traz o copo e serve o leite. Ergue a cabeça da mãe e ajusta o copo aos lábios dela. A mulher bebe, tragando memórias das amas de leite. Engolindo as dores. Seus filhos brancos dominando o mundo. Seus filhos pretos, nunca libertos, acorrentados à dor e ao sofrimento.

O salvador

Enquanto o pai tira uma sesta, a mãe convida o compadre e a comadre para uma caminhada no campo. E leva junto dois filhos. O caçula e a outra pequena, um em cada mão.

Os padrinhos do sexto filho são gente fina da cidade. Amigos de longa data. A comadre é miúda; em sandálias com plataforma de cortiça não alcança um metro e meio. O compadre é um pouco mais alto, e largo.

Naquela hora, o gado estava disperso no pasto. A mãe recomenda irem sempre pela beira da cerca. Tem medo das vacas bravas. Principalmente daquelas que encaram e esticam as orelhas. As que fazem que estão indo, mas voltam em rodopio ligeiro, dando laçaço com a cola, esticando o pescoço, e param retesadas, como prestes a impulsionar uma agressão.

A mãe diz que as mestiças com zebu são as piores, pois para elas não tem obstáculo. Nem cerca, nem paredes. Viu rês assim subir em árvore, pular cercados com mais de três metros de altura. E, num remate de gado, viu uma dessas entrar em salto pela janela da casinha do leiloeiro e estourar a parede de alvenaria do outro lado.

Na caminhada, seguem por uma parte do campo em declive. Do meio da descida, avistam lá embaixo uma vaca malhada de marrom. Parece uma novilha, bicho inexperiente, que se encantou pela grama-boiadeira e se embrenhou no terreno alagado. O marrom do malhado não é a cor natural da pelagem. Um dia foi branco o que agora é barro.

Chegam mais perto e veem a chochura na expressão do animal. Sem forças. Orelhas murchas. Atolado até a barriga.

A comadre fica com pena.

– Tadinha!

A mãe aconselha:

– Não se mexe com vaca atolada.

O compadre não se contém. Entendendo a fala da comadre como um *socorre-ela*, vai experimentando o terreno para chegar mais perto da vaca.

Vendo a aproximação, a novilha movimenta a cabeça para baixo, bem devagarinho, e, num impulso, salta com as quatro patas do banhado em direção ao compadre. As pontas dos chifres quase raspando a pança do homem. Teve sorte o vivente. Quando o bicho salta, o compadre joga-se para trás, com as costas na cerca, agarrando-se ao arame farpado. Como no banhado os mourões de madeira ficam suspensos, não enterrados, a cerca deitou com o peso do compadre. Uma gambeta não proposital na chifrada. Estava salvo o homem. Mas balançando até agora na cerca. No mesmo momento em que a vaca salta do brejo, a mãe grita:

– CORREEEEEE!

Difícil correr em subida. A comadre, de calça jeans, as pernas curtas e as sandálias de plataforma, pega pelas mãos as crianças e corre com elas ao lado da cerca. A mãe não segue a própria recomendação e toma a direção diagonal, para o meio do campo.

Na largada a vaca ultrapassa a comadre e a menina. E persegue o caçula, que havia se desgarrado dos mais lentos.

O guri não sabe qual velocidade alcançou nem quantas vezes olhou para trás. Quando olha, vê a vaca bem perto dele, a cabeça em movimento rente ao chão, babando de raiva, os chifres de ponta. Decide não olhar mais. Só correr. Cheio de pavor. Até ver a vaca longe, na outra direção. Só aí o menino para. O coração parecendo que vai sair pela boca, em *tum-tum-tum* acelerado. Procura pelos outros. Lá embaixo estão a irmã dele e a comadre da mãe. O compadre, mais longe. E a mãe? Não avista. Espera que cheguem onde ele está para irem procurar.

Seguem o rumo que viram a mãe correr. Encontram-na perto de uma moita de carquejas e marias-moles. Os quadris para cima, os joelhos dobrados, a parte superior do corpo inclinada para o chão. Quando se aproximam, a mãe vira o rosto para eles, avermelhado. Os cabelos cheios de capim.

O caçula acode assustado. Ajudam a levantá-la.

– Está tudo bem – ela diz. – Só foi uma trompada. E acho que rasguei o vestido.

– Mas para onde foi a vaca? – pergunta o compadre.

– Nem quero saber – responde a mãe, gemendo.

O compadre quer procurar.

– Vamos voltar – pede a mãe. E suplica às crianças:

– E não contem nada para o pai de vocês.

Seguem.

O compadre volta campo adentro. De longe, avisa:

– TÁ LÁ ELA! CAIU NUM BURACO! – vem rindo, fazendo piada. – Saiu do atoleiro e caiu num buraco!

Ninguém mais ri. A mãe, nas dores do trompaço, resmunga:

– Quer ir salvar ela? Vai lá!

Suspiradores

As ideias gostam de liberdade. Sentem-se bem respirando ar puro. E as angústias, quando sufocadas, tornam-se mais tóxicas. Em tempos de clausura, aliviados os que encontram espaços para suspirar.

José tem um quintal ampliado. E sem muros. É seu *playground*, dizem os conhecidos entre gracejos.

Quando o sol da meia tarde se inclina em trégua a terra, José põe a roupa da lida. Calça o par de botas guerreiras. Ajusta o barbicacho para não perder o chapéu. Empunha o facão. Atravessa a pinguela sobre o córrego, lá onde os lambaris parecem brincar de esconde-esconde. E ganha o mato.

No campo de futebol, junta gravetos de espinhos perdidos pelas caturritas. Materiais de obras de engenharia nos altos dos eucaliptos.

Segue o rumo da mata mais fechada, onde o calor do sol abranda-se. Admira as cachopas de orquídeas, bordando os ramos do arvoredo com flores que parecem pintadas à mão.

Um pezinho de pitangueira clama por socorro. José consegue ouvir o pedido. Agacha-se. Com a ponta do facão vai livrando a plantinha das garras da japecanga e dos nós da corda-de-viola. Suspira. Como parece também fazer a pitangueira recém-libertada.

No meio do mato, ele para em frente a uma velha aroeira. O caule se curvou rente ao chão. Ali, José viu os netos, apoiados, treinarem os primeiros passos, enquanto ele rastilhava folhas secas e restos de poda.

Os netos andam longe. Mas ainda precisam de apoio para caminhar.

Uma saracura corre entre os arbustos. A cobra-verde espreita, à sombra. As formigas, em fila, carregam pedaços de pétalas.

José suspira outra vez. Fundo. Bem fundo. Renovando-se com o cheiro de rio e de mato. Libertando ar de saudade.

O beijo e as línguas

Nem todos têm as mesmas figurinhas de linguagem em seus álbuns. E, quando querem trocar, figuras que parecem repetidas podem ter imagens diferentes ao olhar de cada trocador. A vida é assim, com muitas trocas e a tarefa árdua de tentar compreender o que se quer comunicar.

Em um certo dia, o pai tem um sentimento de estar em frente a um prato cheio de sopa e, antes de dar a primeira colherada, alguém vem e dá um encontrão na mesa. Cardápio do dia: sopa com solavanco.

E foi assim, à mesa, "do nada" (entre aspas, porque é só um jeito de dizer), que uma das pequenas começa a contar uma historinha ao pai:

– Hoje, o *fulano* me beijou.

Eis o solavanco. O pai engole com muita dificuldade aquela colherada de sopa, para conseguir ter ar e forças para perguntar:

– Beijou? Onde?

As perguntas do genitor, com essas duas palavras seguidas cada uma por um ponto de interrogação, com a adequada entonação na fala, apesar do semiengasgo, tinham o propósito de obter a inscrição do beijo no corpo. Mais precisamente, em que local a amostra grátis de genro havia encostado o beicinho. A pequena, que naquela época ainda sobrava dentro de um vestido de Branca de Neve comprado na promoção depois do Carnaval, respondeu sem titubear:

– Foi embaixo da mesa.

A comunicação é mesmo repleta de figuras de linguagem (metáforas, metonímias, eufemismos...) que muitas vezes vêm servidas na hora da refeição. Estavam outra vez à mesa. Não embaixo dela, mas sentados nas cadeiras ao redor, com pratos, talheres, copos e panelas dispostos sobre ela. No cardápio, concretamente, língua com molho. De repente, um dos maxilares interrompe o movimento de impulsionar os dentes, para então permitir à boca falar:

– Que estranho comer língua. Essa língua na minha língua. Como se eu estivesse beijando...

A voz de outra boca interrompeu:

– Então está beijando a vaca!

Outra voz manifestou:

– Acho que é o boi, porque ela é menina.

Mais uma voz surgiu, explicativa:

– Não quer dizer. Pode ser de boi ou de vaca. Não tem como saber de quem é esta língua.

Outra voz apontou um critério:

– Esta aqui é de vaca, tá mais vermelha, rosada, tem batom.

A outra voz completou:

– Esta é de boi, mais pretinha.

Alguém indagou:

– E como seria a língua de quem faz fofoca?

De pronto, alguém respondeu:

– Toda cortadinha.

Veio um *heeeeinnnn* geral e sincronizado, em falas, em sobrancelhas, em testas enrugadas e em bocas em bicos levemente entortando-se à esquerda. A explicação não demorou:

– Quem faz fofoca morde a língua. Se eu vejo alguém fazendo fofoca, estalo os dedos e *plá*, a pessoa morde a (própria) língua.

Aparece, então, estampado no cardápio da sobremesa: *Atenção redobrada com o poder do estalar dos dedos. Que todos tenham o cuidado de ouvir antes de colocar a língua à mesa.*

Para dormir com a luz acesa

O escuro transtorna os sentidos. A visão entra em colapso e diz para o cérebro, sempre muito inventivo, tomar conta do que não se percebe. O que os olhos não veem, os ouvidos captam e ampliam. O tato, acostumado a acionar-se e reconhecer pelos toques, perde-se quando não há iluminação.

É noite. O pai vem à porta do quarto e pergunta:

– Posso apagar a luz?

O caçula retira a cabeça que estava debaixo das cobertas e responde em voz trêmula:

– Nã-ã-ã-o!

O pai argumenta, sem mencionar o preço da energia elétrica:

– Já está na hora de dormir. E amanhã cedo tem aula!

O pequeno reafirma e explica:

– Deixa acesa, pai! Tenho medo de fantasmas!

O pai entorta as sobrancelhas:

– De fantasmas? Não tem que ter medo dos mortos! Dos vivos, sim. Esses são os que podem fazer mal!

O pai tem experiência no assunto de assombrações. Na noite passada, depois do jantar, contou aos pequenos a história clássica da casa em que moravam quando o primogênito ainda era um bebê.

O pai trabalhava à noite. Quando voltava para casa, de madrugada, a mãe ainda estava em claro.

– Não consegui dormir. Outra vez aqueles barulhos. Batem as portas. Tem horas que parece que despejam talheres na pia. Venho ver e não tem nada. Tudo no lugar.

E assim continuaram as noites, estranhas. Até a mãe dar-se conta de que era no mesmo dia da semana e no mesmo horário que os barulhos aconteciam. Era como se alguém chegasse na casa naquela hora.

O pai teve uma ideia:

– Vou trocar a minha folga desta semana para estar aqui no dia dos barulhos.

E assim fez. Estava em casa à noite. Acenderam uma vela. Fizeram uma oração. A chama na ponta do pavio parecia imóvel. Acesa na noite toda. Nem uma gota de cera derretida escorreu. Nada de sons na casa. A vela, ao clarear do dia, permanecia inteira, como se recém tivesse sido acesa.

O pai voltou à escala normal de trabalho. Os barulhos também voltaram à escala na casa.

69

A mãe disse ter observado que havia uma hora certa em que o trinco estralava, e a porta rangia em som de abertura, como se uma alma penada chegasse da rua, pela porta dos fundos, do quintal para dentro de casa, exatamente naquele momento.

O pai separou uma madeira roliça, pezinho de um banco antigo. Em mais uma noite que permaneceu em casa, postou a madeira deitada atrás da porta.

Jantaram. Colocaram as crianças na cama. Também dormiram. Sono profundo. A mãe acordou em sobressalto com o som do rolar da madeira no chão, seguido de batidas de portas e gavetas, talheres, louças e panelas. Sacudiu o pai, que saltou semiacordado. Correram à porta. A madeira no mesmo lugar. Tudo em ordem na cozinha.

O pai decidiu que ia dar um jeito. Se aquilo sem nome queria pregar-lhes peças, o pai ia despregar. E veio a próxima noite. Luzes apagadas. O pai com um rosário na mão. A outra mão firmada na maçaneta. Olhos ao movimento do ponteiro dos minutos no relógio de parede. Rezou uma carreira de *Creio em Deus Pai*. Estava chegando a hora. Sentiu um arrepio subir pela espinha, do cóccix à nuca, eriçando os cabelos. Foi quando girou a maçaneta e puxou forte abrindo a porta, ao mesmo tempo em que com a mão que segurava o rosário apertou a chave de luz, iluminando a casa.

Sentiu um vento empoeirado no rosto. Barulho nas cercas, nas copas das árvores. Os cachorros latindo. Uivando. E logo um silêncio no escuro daquela noite, véspera de noites de sono tranquilo.

Atritos nas leis da Física

A experiência prática ensina as leis da Física. Sem fórmulas. Na temperatura e na pressão do contexto, o cotidiano proporciona releituras dessas leis. Novos enunciados surgem: um corpo não deveria ocupar duas vagas no espaço; todo corpo afrouxa-se ao levar um encontrão. O pai apressa-se. É hora de buscar as gurias na escola. Encontrar uma vaga para estacionar a viatura nesse horário é mais difícil do que vestir luvas em polvo. Passa em frente ao portão da escola. Roda quase duas quadras à frente. Avista a preciosidade: uma vaga grande e em bico de garagem. Espaço tranquilo para dois carros. Aciona o pisca-alerta, posiciona o auto para entrar de ré. Segue em marcha, sinalizando *devidapiscativamente*. O olhar no retrovisor cuida o meio-fio. Altera o foco para o espelho superior. Surpreende-se com a entrada súbita de um veículo cor de carmim, embicando-se atrás do seu carro.

O pai não compreende a ação. Estava em movimento sinalizado para ocupar a vaga. Aciona a buzina. O veículo encarnado não para... ou pior: para estacionado bem no meio das duas vagas. E o carro do pai, ainda com o motor ligado, fica obstruindo a garagem alheia. Baixa o vidro. Mão para fora. Acena para o outro veículo recuar um pouco. Em vão.

Desiste da vaga e vai em busca de outro espaço para ocupar. Vê a motorista descer do auto vermelho e seguir a pinotes pela calçada. Parecia tomar o rumo da escola.

Há outra vaga mais adiante, ao final da quadra. Estaciona lá e vem caminhando. Quase no portão da escola, encontra a motorista. Ela traz pela mão uma coleguinha das gurias. O pai menciona o ocorrido. A senhora comenta que não compreendeu os sinais. Diz ter pensado que havia espaço suficiente para o carro do pai à frente do auto dela. O pai esclarece que havia uma garagem. Riem. A senhora pede desculpas. Seguem seus destinos.

Enquanto isso, em frente ao portão da escola, veículos que se consideram corpos celestes interrompem suas órbitas por sobre a Via Láctea de linhas brancas paralelas destinada aos pedestres. É como se as luzes brilhantes e piscantes desses veículos parados naquele local ofuscassem qualquer lei do trânsito estelar e do bom senso. Alguns param de orbitar lado a lado, e seus comandantes ejetam-se das naves para resgatar astronautas equipados com mochilas de rodinhas, logo ali do outro lado do universo. Resultado: tranqueira das galáxias, motoristas passantes cuspindo meteoros com som de palavrões.

A viatura do pai a três quadras dali. No percurso da escola ao carro, vem contando a ocorrência às filhas. Continua relatando o fato enquanto seguem para casa. Narra a perda da vaga e a surpresa de ter sido a mãe da colega.

Tudo calmo... Até o pai descobrir que uma das filhas registrou boletim de ocorrência e enquadrou a colega a depor sobre o fato.

É outro dia. Somente o pai e a escrivã do boletim de ocorrência estão na viatura. A pequena detetive e defensora das leis exclama:

– Pai. Tenho uma péssima notícia para ti!

O pai visualiza a interlocutora pelo espelho e, de olhos arregalados, sem ter ideia do que virá, pede para prosseguir:

– Pois me conte...

A filha revela:

– O pai daquela minha colega é enorme... e luta jiu-e-gíp-cio!

Eis uma grande notícia para a ciência. Instantaneamente remodelam-se as leis da Física. Agora, então, está enunciado que um corpo pode procurar uma outra vaga quando outro corpo ocupa duas vagas; e todo corpo afrouxa-se mesmo antes de levar um encontrão.

Vidas salvas e vitórias

Mais uma onda vem bater na praia. A água corre sobre a areia fazendo a garça branca levantar voo. O branco da garça contrastando com o céu cor de grafite. Tempo fechado no último domingo do veraneio.

Cássio chega cedo, como sempre. Ajusta o monte de areia em frente à guarita 29. Recosta a pá no tronco da palafita. Bate as mãos soltando os grãos no vento. Sobe as escadas e toma assento no banco de madeira. Lá do alto admira o quase silêncio. Dá para ouvir o esconder-se das tatuíras. Será um dia calmo, pensa. A chuva fina que caiu no início da manhã e aquele céu em paredão escuro farão cadeiras, guarda-sóis e caixas térmicas tomarem rumo aos porta-malas e rodovias. Nada de cheiro de milho-verde cozido, nem de pastel frito ou de queijo coalho assado na brasa. Sem os gritos da criançada, o *tlec-tlec* dos vendedores de casquinha, as buzinas dos carrinhos de picolé. Praia deserta. Adeus alarido.

Com os olhos fixados no silêncio, afasta-se por instantes da rotina de prontidão e salvamentos, dos pais aflitos procurando crianças perdidas, das centenas de esguichos de vinagre aliviando queimaduras de águas-vivas, das boias ao mar, das chegadas às costas dos socorridos, do pressionar abdomens em corpos estendidos e contar (e rezar).

Seu pensamento entregou bilhete para embarcar naquela nau de sossego. Viajou à infância e viu seus pés pequenos correndo no chão de areia. Sentiu os cabelos em molas roçando nas bochechas. Distanciou-se da amargura sentida pela calvície precoce. Sorriu.

Com o pai apostava corrida. Do guarda-sol ao mar. Do mar ao guarda-sol. Esforçava-se para vencer. Alcançava as linhas de chegada ofegante, coração pulsando pelos ouvidos. Sempre em segundo. Reclamava comparando o tamanho de suas pernas com as do primeiro colocado. Em vão.

Com a mãe, a competição era no catar de conchas. Nunca conseguiu ganhar o troféu do maior achado. Lotava os baldinhos plásticos com conchas de diferentes formas e cores, incontáveis. Mas sua parceira de buscas sempre encontrava a "concha mãe de todas".

No meio daquele sossego, uma outra onda vem bater na praia. Quando volta em repuxo, deixa algo sobre a areia. O resto de água em marcha a ré contorna a estrutura encalhada. Cássio ergue-se na guarita. Salta sobre o monte de areia e corre ao mar. Uma outra onda chega e faz rodopiar a estrutura. Cássio acelera para chegar antes da próxima onda. Dá as costas ao mar e agacha-se para catar o objeto. Chega primeiro e salva a "mãe de todas as conchas". Segura com as duas mãos. Espana a água da onda recém-chegada para tirar os resquícios de areia daquela peça que parece moldada em porcelana. Afaga (com as mãos, com os olhos, com o sorriso). Linda. Perfeita. Leva a concha alaranjada ao ouvido. Ouve-se um grande estampido. Segundos antes um raio havia riscado o céu eletrocutando o mar. Cássio cai desacordado. Quem o salvaria? Quem sopraria o apito avisando para ninguém entrar no mar?

Nem o branco da garça no céu. Fim de temporada na escuridão. Um sopro mais forte de vento. A volta da chuva fina.

Não vem da concha aquele *bip-bip*. Acordado no som intermitente, Cássio abre os olhos como um preguiçoso raiar de sol. O gotejar do soro. A concha sobre a mesinha de cabeceira. Ao lado da cama, sua mãe sorri.

– Você venceu, meu filho! Teu troféu é meu beijo! – curva-se e beija a testa do filho. – Te ver vivo salvou minha vida!

Sobressaltos

Sobressalto é reação de surpresa. O esticar a coluna e o pescoço em amplitude proporcional ao tamanho do acontecimento inusitado. E há muitos parceiros dessa reação: o ficar sem palavras, o engolir em seco, o engasgar-se, o perder o rumo, o cair o queixo, o cair os butiás do bolso no terreno plano, na rampa leve ou no topo da lomba da Lucas de Oliveira.

Este conto é sobre saltos. E não precisa ler com pausa entre uma palavra e outra, uma vez que nas histórias dessas relações entre pais e filhos sempre há sobressaltos.

Não foi a primeira vez que foram àquela loja. Mas foi a segunda vez que a caçula se pôs a experimentar os sapatos de salto, ao descobrir alguns pares de modelos adultos com seu número. Na primeira vez, a reação do pai foi escanear mentalmente a carteira para verificar se trazia o cartão do plano de saúde, caso algum tornozelo clamasse por emergência. Imaginou a pequena andando como aqueles malabaristas pernas de pau que, em tempos áureos da economia, movimentavam-se em feirões de automóveis e na frente das concessionárias aos domingos. Mas a vida traz muitas surpresas. O pai admirou-se ao ver que a pequena parecia ter feito curso em EAD com a Gisele Bündchen (porque presencial não foi, tinha certeza de não ter levado a filha a esse evento). Isso tudo da primeira vez.

Na segunda vez, a caçula aventurou-se em outros modelos. E angariou a ajuda do pai para encontrar pares do número dela. Nessa ocasião, renegou as plataformas e preferiu aqueles que o salto parece um lápis preto número 2, com grafite bem apontado. Feliz e segura lá nas alturas, exclamou:

– Se a mana ganhou uma roupa, hoje eu posso levar um sapato destes...

O pai entortou-se e quase caiu como aquele perna de pau que tentava desviar das criancinhas que corriam no pátio do feirão. Ainda balançando na tontura, o pai declamou versos da cartilha de tentativas de convencimento:

– Tudo no seu tempo... Tu ainda vais ter muitas oportunidades para usar salto alto... e, quando precisar usar, talvez queira, por alguns momentos, trocar por uma pantufa.

Diz isso e sorri. Certo de que a réplica tinha sido convincente. Até ouvir a tréplica:

– Te liga! Eu já sou uma jovem adulta!

Onde ainda mora a saudade

O pensamento parece uma coisa à toa
Mas como é que a gente voa quando começa a pensar.

Lupicínio Rodrigues

Há canções que são lamentos. Reclamam uma falta, uma separação, frustrações, despedidas. Mas as músicas não deveriam causar tristeza. A letra de um poema, quando recebe a visita de sons de instrumentos, transforma-se em melodia, suavizando a dor das palavras.

O rapaz sobe os três degraus do bar. Senta-se num canto. Apoia os cotovelos na mesa. As mãos segurando cada lado da face. Olhos para baixo. Palavras rodando na mente. Um redemoinho de lembranças de falas. Ditas, ouvidas, silenciadas. No pensamento, transformam-se em partituras, em notas musicais. A mão direita desce do rosto e dedilha a mesa, tamborilando. A outra mão vem fazer parceria. O paliteiro torna-se ganzá. Os sons emudecendo a tristeza. Está prestes a nascer um samba-canção.

O samba. Palavra nascida do roçar em umbigadas. Do encontro de cicatrizes da separação mais primitiva. Aquele rapaz, na mesa do bar, quase não sobreviveu para olhar o próprio umbigo. Nasceu em dia de enchente na Ilhota. Os pingos de chuva fazendo o telhado de tamborim. A parteira chegou de barco. Um choro-canção. O quarto filho em um coral de 21 irmãos.

Cantarolar foi sua atividade preferida na escola. Mas não era o ponto tomado pela professora. Desordem entre dever e querer. Marcha aos muros de um quartel. Contenção voluntária ao iniciante na boemia.

O pai queria um filho direito. Conseguiu vaga administrativa numa faculdade, nos arredores de bares do Centro Histórico. Seus ofícios prediletos na vizinhança: compor e cantar.

Virou noites em boemia. Na cadeira onde esteve o rapaz, ninguém mais. Alguém pode pensar que cortaram sua voz. Mas as palavras permanecem. Em versos. E multiplicam-se em muitas outras vozes e tons. Permanecem vivas, acompanhadas por sons de cordas e platinelas de pandeiro, aços de nervos, produzindo sangue nas veias de quem pensa que não tem mais coração. Quando o coração pulsa, sinaliza que a felicidade foi embora, mas a saudade, no peito, espera receber visitas.

Quantos redemoinhos

*Em homenagem ao centenário do nascimento
de Mario Benedetti.*

Entre turnos das aulas. As bandejas vazias do almoço recém-largadas nos passa-pratos do restaurante universitário. Atravessaram o gramado largo até o banco verde. O assento de madeira desbotado pelo tempo. Os pés de concreto carcomidos, o enferrujado da estrutura aparente. Sem guardas. Soltaram as mochilas ao lado do banco, no chão. Ela sentou-se. Ele deitou-se, recostando a cabeça no colo da namorada. Olhos nos olhos. Sorrisos. Sentiu os dedos movimentando-lhe os cabelos, desfazendo redemoinhos.

Era mais um ano. O futuro a desenhar. Na brisa calma da sombra das tipuanas, lembrou-se do início da vida de estudante. Compartilhou as lembranças com quem lhe dava colo. Na época de matrícula na escola, ainda estava com cinco anos de idade. Fez seis quando as aulas começaram. No primeiro dia, um caderno de capa xadrez, sem espiral. Um lápis para escrever, uma borracha para apagar, e um único lápis de cor: amarelo. O caderno perdeu a capa ao longo do primeiro ano. Uma folha de papel ofício tomou frente na lembrança. Colada. Seguiu estampando a primeira página do caderno, onde a figura de um cachorro mimeografado havia recebido, entre os contornos azul-quase-roxo, a cor do sol e das estrelas.

Os dedos ainda movimentando-se entre os cabelos. O roçar bem leve das unhas. O olhar e o assunto ganhando a pausa dos olhos fechados. Um cochilo.

Era uma cena familiar, agora. No sentido de similaridade com a de outrora no banco da faculdade; e por ser em família: o cochilo no sofá da sala, depois de receber um cafuné da esposa. Não abriu os olhos, mas percebeu que alguém estava colocando sobre seu corpo um cobertor macio. Agradeceu de olhos fechados. Recebeu um *de nada* encantador. Reconheceu a voz da primogênita.

Vida e sonhos entre redemoinhos e brisa leve.

Mãe-Terra, Planeta-Água

*Ele é atual. Ele é eterno. O que ele dizia há cinquenta
anos nunca foi tão verdade como agora.*
Lilly Lutzenberger, sobre seu pai José Lutzenberger,
em entrevista à APCEF-RS, em 2019

Parou para observar a grande nuvem. Bordas inferiores em quase preto. Meio acinzentado. O branco, raro, formando um rajado no topo. Assim ficou, por minutos, olhando a massa gigantesca movendo-se no céu, mudando formas. E pensou o quanto de água, em gotículas, juntou-se ao longo do tempo e por onde há céu para formar aquela nuvem.

As relações na natureza prezam pelo equilíbrio. As trocas e transformações são constantes. No macro, no diminuto, no invisível. São processos para preservação da vida do planeta Terra. Até o que morre gera vida. E, antes de morrer, também algo fez para que outros vivessem. O movimento de cada ser, de cada elemento, influencia naquele que compartilha do mesmo espaço, independente da distância e do tempo.

Uma baleia-azul, em salto, projeta-se do Oceano Pacífico. Nesse movimento, o gigante de quase trinta metros de comprimento carrega uma imensa quantidade de água ao ar. Em milésimos de segundos, o corpo de mais de cem toneladas retorna ao seu *habitat*, formando uma erupção de água salgada que logo se transforma em *spray*. Há um silêncio. O maior animal do mundo, mamífero, agora desliza nas águas profundas. Na brisa, acima das ondas, não se vê o que é água e o que é ar.

À beira de um rio, no continente africano, um crocodilo devora a presa. As grandes mandíbulas aceleram os dentes afiados. No movimento da boca para aplacar a fome, pressionam-se as glândulas lacrimais. Formam-se lágrimas do crocodilo. O sol tenebroso toma parte da lágrima, que se evapora antes mesmo de escorrer.

Ao sul das Américas, um canário-da-terra aninha-se na forquilha do araçazeiro. As gotas de orvalho formam um caminho nas folhas e respingam no passarinho amarelo. De susto, voa. Pousa no manacá. Ouriça as plumas. Treme o corpo. Joga o respingo no vento.

No norte do mundo, um afídeo suga a seiva dos brotos do cipreste. O líquido processado no corpo do inseto esvai-se em gotículas pelos cânulos nas laterais do abdômen. Uma formiga se aproxima e captura a gota açucarada.

Equilibra-a na mandíbula, como uma pinça. A gota estoura antes de ser consumida. O alimento perdido. A formiga volta à fonte.

Diminutas moléculas de vapor d'água dispersas na atmosfera unem-se em forma de nuvens. E assim unidas migram ao redor do mundo. Por onde passam, oferecem carona ao vapor de corpos d'água. Pequenos lagos, mares, grandes cascatas, córregos, geleiras. Sobe para a viagem também a umidade das florestas, das campinas e dos solos de todo tipo de chão.

Uma dessas nuvens junta-se a outras, empurrando vento, formando tempestade. Acelera para chegar a um rincão de nome Gaia. Lá, derrama suas águas. Cada gota de chuva tocando o chão solenemente. E vai percolando, encontrando moléculas de húmus, macro e micro-organismos vivos, sementes, partículas minerais, o orgânico em decomposição. Alcança um corpo envolto em um lençol de linho. Circunda o corpo. Une-se a ele. Abraça-o com tristeza e gratidão.

O visitante, ainda observando a nuvem em chuva, sorri. Um gesto de agradecimento por ter aprendido a compreender e a refletir sobre os processos que fazem a natureza dinâmica e viva.

Memórias em tintas e carretéis

Os carretéis foram também minhas fantasias de crian-
ça, o meu brinquedo – é natural que se tivessem transformado
em símbolos na obra que faço.

Iberê Camargo em entrevista
para Clarice Lispector, em fevereiro de 1969

O pé da mãe subindo e descendo no pedal da máquina. Chinelo-tamanco em tiras de couro sem cor. O pano
de saia cinza, em tom de sombra, cobrindo as canelas. O
zigue-zague na costura. O sobe e desce da agulha. Alinha-
mento na peça de chita. O acabamento em viés.

Despencou o carretel quase vazio. Quicou no chão.

O menino, que engatinhava, parou e pegou. Sentou.
Admirou. Puxou o pouco de fio de linha que restava. Pou-
sou o objeto outra vez no chão. Trouxe o fio a si. Soltou. O

carretel seguiu rodando, mudando rumo, escondendo-se sob a saia da mãe.

O menino deixou cedo a casa onde pouco cresceu. Dizem que o estudo é que faz crescer na vida. Lá no coração do Rio Grande há solos mais férteis e bem estruturados do que em restingas secas? Mas é longe do coração da mãe. A planta cresce, cada vez mais distante de suas raízes. O menino descobre cores em belas artes. Pinta caminhos, em meio de matos. Idas ou voltas? Os carretéis, tão nítidos no início, tornam-se etéreos. Os quadros que emolduram o tempo prendem memórias que quase se apagam. Imagens desfocadas. Emoções sempre vivas.

O menino, grande, roda o mundo. Gira longe do primeiro carretel. Mas há um giro de tambor de arma. Estampidos. Ecos. Tinta vermelha manchando a tela em cor de culpa e arrependimento.

O carretel da vida não volta atrás. Vontade de ser objeto escondido na sombra da saia da mãe, implorando colo.

Palavras, palavrinhas, palavrões

Uma palavra no aumentativo nem sempre é um palavrão. Embora pareçam ser a mesma coisa, são apenas duplas no vocabulário, como impulso e arrependimento, ou descarga e alívio. São, assim como este conto, uma história em dois tempos. A família na viatura, a caminho de casa. Voltavam de um encontro festivo. Lá do banco de trás, veio um discurso em tom de decepção:

– O *fulano* falou palavrão! Eu nunca tinha ouvido ele falar um palavrão!

Ao mesmo tempo em que a dupla do banco da frente trocava olhares de bandeirinhas de escanteio, cerrava os dentes e esticava os lábios em corte de pão de bauru, a parceria da delatora, no banco de trás, quis saber:

– Mas que palavrão ele disse?

A convidada mais decepcionada da festa titubeou para responder. Preferiu mencionar só a consoante inicial...

A parceira do banco de trás não fez cerimônia para completar. Um silêncio momentâneo seguiu, só interrompido por pergunta em coro vinda dos bancos da frente:

– Foi esse que ele disse?

Delito confirmado, riram. Quase todos. Menos uma. A chateada da noite ficou ainda mais contrariada. Reivindicou:

– Mas eu não sei o que é palavrão! Vocês não falam! Vocês precisam me dizer o que é um palavrão ou eu nunca vou saber quando eu ouvir alguém falar!

Outro momento, outra vez na viatura, as mesmas duplas em suas posições, o mesmo assunto volta. A pequena reivindicante da outra vez revela:

– Eu já ouvi o pai falar um palavrão!

O pai firma as mãos ao volante para aguentar o tranco. A reveladora continua:

– Não foi um. Foram dois juntos. Um com *p* outro com *m*. Foi um dia, no banheiro, quando ele deixou cair o pote de gel dele de cabeça para baixo... e sem tampa!

Silêncio dos inocentes na viatura. O pai revivendo o trauma do pote de gel emborcado. Segurando a lágrima com os pés dos cílios.

A testemunha ocular prossegue com o depoimento:

– Nãããoo... Não foram dois! Foram três! Tinha outro no fim, com *p*... E esse aí com *m* a mãe também já disse!

Adultos fichados. Mas seguiram a rota, sem ter que ir depor no distrito.

Para dizer o irreversível

São terras lusitanas. Das beiradas dessas terras partiram naus aos mares revoltos, expandindo as conquistas para além dos oceanos. É ainda o século XIV, quando a fome fragiliza a Europa ampliando a capacidade de dizimação da peste negra. A Inglaterra e a França seguem em duelo quase eterno no que ganhou nome de Guerra dos Cem Anos. Em Portugal, a crise tomando dimensões ainda mais vultosas devido a abalos na sucessão do trono e abalos sísmicos em Coimbra. É quando Afonso IV desenvolve a marinha mercante para as grandes explorações além-mar, alcançando as Ilhas Canárias. Seu filho, o príncipe Pedro, navega em ondas nupciais com a princesa Constança, de Castela. Redemoinhos da relação jogam a nau de Pedro para os lados de Inês, a dama de companhia de Constança. Velas aos ventos do adultério, sopram quatro filhos fora do casamento.

Entrei para servir o vinho. O clima da reunião estava tenso. Pedro não se fez presente. Havia saído dos muros do reino para caçar cervos.

Dom Afonso, o Bravo, esmurrou a mesa. Quase errei a pontaria da jarra ao cálice.

– Não podemos correr este risco! Esses bastardos poderão reivindicar o trono! Aproveitemos a ausência de Pedro para dar um fim a essa dama de desonra!

Voltei à copa, entendendo que falavam de Inês. Vi a sentença de morte gravada nos olhos de Pero Coelho, Álvaro Gonçalves e Diogo Pacheco. Dom Afonso escolhera a dedo aqueles desumanos. O vinho escorrendo pelo canto das bocas. Como sangue da morte. Como veneno de víboras.

Pedro soube da morte da amada. Doía-lhe a garganta como se fosse o pescoço cortado de sua Inês. Doía-lhe mais ainda, como o sal da traição jogado na chaga aberta, ao saber que o mando havia sido do pai. Estava decidido a acabar com a vida de seu genitor. Adentrou a galope a cidade do Porto. Lágrimas misturadas a sangue de cervo. Dentes ringindo fúria. Espada em punho.

A mãe e o bispo o cercaram na entrada do palácio. Rogaram para que nada fizesse. Pedro estava descontrolado. Os guardas acudiram usando os braços como camisas de força. O príncipe debateu-se até cansar e cair de joelhos desorientado. Olhos vermelhos.

Os guardas tomaram-lhe a espada. A mãe, Dona Beatriz, mais uma vez suplicou para que não duelasse contra o pai. Pedro então, desolado, exclamou:

– De que adianta? Agora, Inês é morta!

Eu ainda estou como serviçal do castelo. Servi na cerimônia de coroação do Rei Pedro, o Justiceiro. E também na reunião que decidiu o fim dos algozes de Inês. Diogo Pacheco conseguiu fugir para a França, mas Pero Coelho e Álvaro Gonçalves tiveram o coração arrancado sob os olhares do novo rei.

Outra vez o reino está em festa, agora para a coroação da rainha. Todos os súditos, nobres e autoridades foram convidados. Lá no trono está ela. A rainha-cadáver, ao lado do rei. Difícil descrever a expressão dos rostos na fila para saudar a rainha. Ainda mais difícil descrever as expressões dos rostos no momento em que se ajoelham para beijar a mão em ossos de Inês.

O rei, com um sorriso no canto dos lábios. O olhar em soslaio para cada beijante. O brilho da coroa e das joias da rainha refletindo no semblante de Pedro, reluzindo justiça e vingança.

Tomando a tabuada

Não há tempo nem Matemática sem sinais. Como saber se o futuro que se aproxima é para somar, dividir, multiplicar? E, se cada etapa da vida for representada por fórmulas, quando será possível descobrir se um lado da equação é igual, maior ou menor do que o outro lado?

O pai ao volante. O banco do carona, conjunto vazio. Lá do banco de trás uma voz, mais tranquila do que tabuada do um, expõe seus cálculos aritméticos sobre o tempo:

– Quando eu tiver dez anos, vou poder ir no banco da frente. A mana vai estar com treze. Ela andou três anos aí. Quando eu tiver dez, ela vem pro banco de trás e eu vou andar três anos aí. Depois, quando eu fizer treze, eu volto para cá e ela volta para o banco da frente. Assim, de três em três anos, a gente troca.

O cérebro do pai deu solavancos. Faltou combustível para alcançar a imagem das gurias com três anos somados às idades de agora. Por um momento perdeu a raiz da fórmula de Bhaskara. O três parecia tender ao infinito.

Conseguiu segurar-se em um sinal de está contido (no assunto) e, para comprovar que engenheiro não é fraco na Matemática, fez uma intersecção com a fala da pequena:

– Por que não revezam? Por dia, por semana. Mas esperar três anos... Desse jeito tu só vai voltar depois ao banco da frente quando estiver com dezesseis anos.

A resposta veio rápida, como conta exata, sem sobra nem casas decimais:

– Quando eu fizer dezesseis anos, não saio mais do banco da frente. Vou morar nos Estados Unidos. Lá as pessoas já podem dirigir com dezesseis anos.

No rosto do pai a expressão de quem não conseguiu calcular a área hachurada da figura. Nem Pierre ao quadrado conseguiria. Nem a hipotenusa com a ajuda dos catetos.

Chegou em casa com cara de triângulo escaleno. Sentou-se no sofá com olhar perdido para todos os ângulos. A dona da voz conhecida aproximou-se. Investigando elipses e semirretas na face de preocupação do pai, exclamou:

– Olha! Tua testa tá cheia de estrias!

A mana, que estava próximo, veio esclarecendo:

– Sinais dos tempos... sinais dos tempos. Mas aí se chama ruga... ruga.

Palavras ao pai

Chegou confiante. Eram só exames de rotina. Foi internado, operado e seguiu em cárcere naquele quarto na capital. Quase trinta dias na cama. Que saudades da lida no sítio, do cheiro do campo.

Afastou a mesinha com a sopa esquálida. Ajeitou os óculos. Alcançou a Bíblia na cabeceira. Tirou do meio o envelope branco. Com as pontas dos dedos trêmulos puxou de dentro o papel cheio de linhas escritas. Releu a carta do filho. Olhos acariciando cada palavra.

Meu amado pai,
Ao ler esta carta, que mamãe levou na bolsa, sorria. Para afastar as preocupações. Como o senhor sempre diz: anjos da guarda não gostam de ver ninguém de cara feia.
Ficou tudo bem por aqui. A camélia na porteira segurou as flores brancas, para perfumar teu retorno. Corruíras,

bem-te-vis, sabiás e bicos-de-lata continuaram visitando a varanda, para saborear as laranjas cortadas, apresentar a orquestra de assovios e tirar cochilos na tua cadeira de balanço.

Lá na horta o feijão deu grãos brilhosos como pedras preciosas. Debulhei e armazenei. Separei uma cozinhada para o almoço. A abóbora-de-pescoço virou doce. Dormiu na cal e ferveu o dia inteiro no fogão à lenha. Resultou em casquinha firme e calda grossa com cravo e canela. O milharal cresceu. Troquei o chapéu do espantalho e preguei mais umas franjas no casaco do moço. Combinei com ele e com o vento como fazer para espantar as caturritas.

Choveu fraquinho nestes dias. Aproveitei a terra úmida para arrancar guanxumas pela raiz lá do campinho. O Seu Nicácio pintou as traves de branco e remendou a cerca de tela. Deixamos pronto o gramado para as peleias de sábado à tarde.

E os bichos... Bah! Quanta história! O Duque, filho da Pretinha, levei no veterinário. Avisei bem aquele cusquinho. Com ouriço não há munição perdida! Acertou todas nos alvos: língua e focinho. A cachorrada ficou com medo até da sombra dos cactos.

A carijó, coitada, endoidou. Ela ficou assim depois que o lagarto comeu os pintinhos ainda nos ovos. Desde então, quem chegou perto do ninho levou bicada. Nem a angolista cega se salvou. Na primeira bicada implorou: "Me poupe! Tô fraca! Tô fraca!" E a carijó dê-lhe bicada. Procurei nas páginas amarelas da lista um veterinário psicólogo. Mas isso não deve ter nem aí na capital.

Percebi, aqui no final desta carta, que escrevi quase tudo no passado, o tempo verbal da saudade. Mas o que todos queremos é que a tua saúde se faça presente, reabilitada. Assim, a alta estará em futuro bem próximo. Teu retorno será para breve. Confie! Também confiamos que a mãe foi te buscar e logo vou recebê-los lá na porteira. Saúde, pai! Nós te amamos!

Dobrou a carta. Beijou o papel. Guardou no envelope. Antes que devolvesse para o meio da Bíblia, a porta do quarto se abriu. Sua esposa entrou, trazendo o médico junto.

– O doutor tem boas notícias – ela disse. – Vamos voltar para casa amanhã!

Sorriu com lágrimas nos olhos. Abraçou o envelope com a carta. Sabia que o não dizer havia adoecido o seu coração. As palavras curam. Tinha muito a agradecer ao filho. Já sentia o abraço apertado e o perfume da camélia na porteira.

Sementes e qualificações

O pai e o caçula às voltas no canteiro da horta. É dia de semear. O que se plantou ali segue rendendo em produtividade. Sementes de experiência de vida. Cultivo de aprendizados.

Os materiais levados dentro de um carrinho de mão: enxada, rastelo, pá, saco de estopa, balde, regador e sementes. Seguiram pela estradinha da casa à horta. A roda do carrinho rangendo, reclamando do peso do guri.

O menino salta em frente à cerca. Estica-se nas pontas dos pés para alcançar o arame que se engancha no tronco. Abre a porteira ao carrinho, que segue agora uns quilos mais leve.

Haviam de preparar a terra para semear. Primeiro tirar os inços, diz o pai, dando enxadadas. Levantando torrões, como um arado. Logo se agacha e vai catando os bulbilhos da tiririca. Chama o guri para ver.

– Isso domina a terra. Não adianta só cortar em cima. Rebrota cá embaixo. E produz mais raízes, e mais bulbos. Aqui, assim, é planta daninha.

Então as tiriricas são como os baobás, infestantes do diminuto planeta de um pequeno príncipe. Eram consideradas terríveis aquelas sementes. Pareciam tão inofensivas na miudeza em latência. Mas, quando encontravam as condições ideais na terra, poderiam rachar o planeta. Adjetivavam os baobás como daninhos. Qualidade indesejada. Então, eram arrancados da terra-mãe ainda bebês. Mas a vida recém-germinada de roseiras e rabanetes é preservada, sem importar o futuro de espinhos ou o aroma-bomba da conserva em vinagre. Os baobás sem futuro. Tantas qualidades perdidas: sombras gigantescas aliviando o calor, moradia de tantos seres, alimento de outros, uma potente usina transformando água, ar e luz solar. Relações interrompidas em raízes tenras.

Seguem retirando os bulbos dos torrões. Um amontoado cresce ao lado do canteiro que o pai rastela. O mesmo ancinho que aplaina abre covas em fileiras simétricas. Semeia na primeira linha e alcança o pacote de sementes para o filho. Mostra o movimento da mão e dos dedos.

– Faz assim para espalhar as sementes. Daí as mudinhas vão nascer mais espaçadas. Precisam de luz do sol para crescer.

O guri cresceu. E um dia leu que os bulbos de tiririca são iguarias muito apreciadas na culinária europeia. E o caruru também, por suas sementes com características *funcionais*. Nem chamam pelo apelido. É pelo nome mesmo: *Amaranthus*.

O pai e a mãe conheciam o uso medicamentoso de todo tipo de planta. Até daquelas que cresciam em qualquer canto, no areão, no meio das pedras. Usavam em chá, no chimarrão, em extratos com álcool. E a guanxuma, a carqueja e o alecrim-do-campo? Amarrados em uma vara de goiabeira, transformavam-se em vassoura poderosa para limpar o pátio.

O menino grande repensou o adjetivo: daninha. E lembrou-se do que diz um pessoal da psicologia infantil. Não se dá uma qualidade negativa a um ser. Qualifica-se uma atitude relacionada a um contexto. Assim, dependendo de cada situação, a atitude pode ser invasora ou espontânea, daninha ou útil, veneno ou remédio.

Com o pai, compreendeu o que são atitudes produtivas ou daninhas em diferentes contextos. E como fazer para que as sementes encontrem as melhores condições e tornem-se plantas produtivas e vistosas. Também ouviu muitos exemplos sobre equívocos em qualificar alguém sem conhecer a história.

Era tarde com pôr de sol no campo. Prendeu o olhar, distante, nas touceiras de gravatá. Quanto tempo de evolução para sobreviver e se multiplicar. Não ser sombreado pelos outros. Expandir raízes para alcançar mais água e nutrientes. Produzir defesas. Gerar frutos que protegem e carregam as sementes para mais longe, para outras áreas. Para conquistar um lugar ao sol.